我和你，馬里亞納海溝

郎亞玲——著

【總序】
台灣詩學吹鼓吹詩人叢書出版緣起

蘇紹連

　　「臺灣詩學季刊雜誌社」創辦於一九九二年十二月六日，這是臺灣詩壇上一個歷史性的日子，這個日子開啟了臺灣詩學時代的來臨。《臺灣詩學季刊》在前後任社長向明和李瑞騰的帶領下，經歷了兩位主編白靈、蕭蕭，至二〇〇二年改版為《臺灣詩學學刊》，由鄭慧如主編，以學術論文為主，附刊詩作。二〇〇三年六月十一日設立「吹鼓吹詩論壇」網站，從此，一個大型的詩論壇終於在臺灣誕生。二〇〇五年九月增加《臺灣詩學‧吹鼓吹詩論壇》刊物，由蘇紹連主編。《臺灣詩學》以雙刊物形態創詩壇之舉，同時出版學術專業的評論詩學，及以詩創作為主的詩刊。

　　「吹鼓吹詩論壇」定位為新世代新勢力的網路詩社群，以「詩腸鼓吹，吹響詩號，鼓動詩潮」十二字為論壇主旨，典出自於唐朝‧馮贄《雲仙雜記‧二、俗耳針砭，詩腸鼓吹》：「戴顒春日攜雙柑斗酒，人問何之，曰：『往聽黃鸝聲，此俗耳針砭，詩腸鼓吹，汝知之乎？』」因黃鸝之聲悅耳動聽，可以發人清思，激發詩興，詩興的激發必須砭去俗思，代以雅興。論壇名稱「吹鼓吹」三字響亮，論壇主旨旗幟鮮明，立即在網路詩界開荒之際引領風騷。

　　「吹鼓吹詩論壇」網站在臺灣網路執詩界牛耳是不爭的事實，詩的創作者或讀者們競相加入論壇為會員，除於論壇發

表詩作、賞評回覆外,更有擔任版主者參與論壇版務的工作,一起推動論壇的輪子,繼續邁向更為寬廣的網路詩創作及交流場域。在這之中,有許多潛質優異的一九七○和一九八○世代的年輕詩人逐漸浮現出來,其詩作散發耀眼的光芒,深受詩壇前輩們的矚目,另外,也有許多重拾詩筆寫詩的一九五○和一九六○世代詩人,因為加入「吹鼓吹詩論壇」後更為勤奮努力,而獲得可觀的成果,他們不分年紀,都曾參與「吹鼓吹詩論壇」的耕耘,現今已是能獨當一面的二十一世紀頂尖詩人。

二○一○年,為因應 facebook 的強力效應,「臺灣詩學」增設了「facebook 詩論壇」社團,由臉書上的寫作者直接加入為會員,一齊發表詩文、談詩論藝,相互交流。二○一七年一月二日起,將「facebook 詩論壇」改為本社在臉書推動徵稿的平臺園地,與原「吹鼓吹詩論壇」網站並行運作。後來,因應網路發展趨向,「吹鼓吹詩論壇」網站漸失去魅力,故於二○二一年五月三十一日宣告關站,轉為資料庫,只留臉書的「facebook 詩論壇」做為投稿窗口,並接受 e-mail 投稿,而《吹鼓吹論壇》詩刊仍依編輯企劃,保留設站的精神:「詩腸鼓吹,吹響詩號,鼓動詩潮」,繼續的運作。

除了《吹鼓吹論壇》詩刊外,二○○九年起,更進一步訂立「臺灣詩學吹鼓吹詩人叢書」方案,鼓勵在「吹鼓吹詩論壇」創作優異的詩人,出版其個人詩集,期與「臺灣詩學」的宗旨「挖深織廣,詩寫臺灣經驗;剖情析采,論說現代詩學」站在同一高度,留下創作的成果。此一方案幸得「秀威資訊科技股份有限公司」應允,而得以實現。「臺灣詩學季刊雜誌社」將戮力於此項方案的進行,每年甄選數名優秀的詩人出版詩集,以細水長流的方式,也許三年、五年,甚至十年之後,

這套「吹鼓吹詩人叢書」累計無數本詩集，將是臺灣詩壇在二十一世紀中一套堅強而整齊的詩人叢書，以此見證臺灣詩史上這段期間詩人的成長及詩風的建立。

我們殷切期盼，歡迎詩人們加入「臺灣詩學吹鼓吹詩人叢書」的出版行列！

二〇二三年一月修訂

【推薦序】
能量的介體
——愛情疊加態：談郎亞玲的詩心網絡

《WAVES生活潮藝文誌》總編輯　朱介英

　　首度閱讀郎亞玲第一本詩集《愛若微塵》，在詩句裡看到許多青春情懷的囈語，立刻確定她是一個渾身洋溢著幽夢雅幻的女子，腦海裡隨時裝滿著波濤洶湧的情感離子，以失控的超光速馳騁在情感宇宙中。表面上她有著和藹、柔美的歡顏；內裡，她的符號袋子盛裝著活躍酣暢的情感飛絮，寫詩是她扣除日間忙碌的戲劇生涯後，回到自我狀態時的心靈活動，她自語道：「開始從事劇場活動，從此我被當作是劇場人，很少人知道，我也寫詩，無論是夢囈或自語，一字一句述說我的酣暢！」（郎亞玲，2013：004）事實上，閱讀郎亞玲的詩之後，你必然會對她的印象改觀，她寫詩應該早於進入劇場，劇場是她的專業，而寫詩則是她的自我，她自己也說：「當我回到自我的狀態，寫詩仍是我生活中不可或缺的滋養。靈感的筆記，寥寥數語，是一種冥想，也是一種對生命的禮讚。」（郎亞玲，2013：004）深讀郎亞玲的詩，更不難發現她的詩很有白朗寧夫人的風情，詩裡蓄積著許多愛的禮讚，許多字裡行間漂湧著唯美、浪漫情衷，躍入她詩句所展佈的滔滔江流，必然覺察她的句讀像一朵朵連綿不斷，感情豐富的風帆迎風疾馳。如今欣喜她出版第二本詩集，讀起來風味更成熟，更濃郁。
　　首部詩集《愛若微塵》便已昭然若揭地敘述出她的「真

愛情、真浪漫、真人生」的詩觀，對情感的期待、以及在歲月道途中歷練過後的體悟，她對愛情有著朦朧，卻又清晰；模糊，卻又明朗的詮釋，她說：「情感像流水，深不可測，變動不羈。」卻又「去腐生新，生生不息。」然而「美麗的曲線隱藏在變幻莫測的表象上。」於是「她的情感歲月永遠潛泳在不安、猜忌、迷惑、忐忑、幻想、失落、寂寞、患得患失，甚至哀傷。」（郎亞玲，2013：007）之中，於焉走進她的詩裡，不禁跟隨著她所營造的迷宮裡摸索前進。

愛的禮讚

千百年以來，古聖先賢都豪無道理的避開文學中的愛情觀，古今中外都一樣儒家避談食色本性，中世紀文學更是訓諭作家不得以生動的畫面來發洩自己的愛情幻想，視性愛為蛇蠍，清教徒及禁欲文學更是典型的頑冥不靈的證據。直到文藝復興運動後，人們懂得脫掉教條主義的虛偽外衣，浪漫主義興起，人本思想開啟，人類社會才得漸漸步入開明而健康的理想情境，愛情其實並不那麼糟糕，反而是文化進步的原動力，更是妝點生活美好的最佳能量。文學評論家莫達爾（Albert Mordell）說得好：「我們正學著直接處理生命中的一面，它對幸福的影響實在值得重視。首先我們必須承認這些在我們的存在中佔有重要地位的幻想是真實的。從這些幻想開放出與人性中最高情操有關的情緒──愛。」（Mordell, Albert. 1975:21）說明生物世界如果沒有愛情的話，真不知道會成為什麼分崩離析的樣態。

把生命的本質追索到最簡單的基礎結構，存在就只是一群有組織、有系統運作的元素，依循質量（體）與能量（磁）

運作的循環現象而已：生物學裡的細胞體遵照著DNA的能量
法則構成生生不息的宇宙萬物結構鍊；哲學家數學家萊布尼茲
（Gottfried Wilhelm von Leibniz）的單子論（Monadology）解讀
為生命的物質基礎單子，具有體與能兩種元素，提出生命是一
種永無窮盡的能量轉換方式；接著現代量子物理的最新解讀，
生命的基礎粒子（又稱量子）具備波、粒二相性，生命是一種
能量波與物質粒子（夸克、輕子、波色子）一體兩面相構成的
量體。這些深奧的理論我們無須去了解，只需感受到支持著我
們的存在實體義無反顧地在茫茫物質之海中追求的能量，無時
無刻不證實我們的存在與欲求，那一股能量不就是人與人之間
的介體（medium），包括吸引人相識、相吸的正能量，以及相
互排斥與相互摧毀的負能量，於焉人間的愛、恨、情、仇，便
由此而生。閱讀郎亞玲的詩〈你不信〉其中一段如此寫著：

> 你不相信
> 原來靈魂
> 沒有眉沒有髮沒有手沒有腳
> 無影　無蹤
> 無聲　無息
>
> （郎亞玲，2023，〈你不信〉）

　　不難理解促使兩性相吸相引的那一股能量，宗教家稱為
「靈力」，近代物理學家解讀為「量子之鍵」，文學家自古以
來早已有個漂亮的稱號「愛」。愛無聲無息，無影無蹤，沒
有重量，也沒有質量，無法耳聞，更無法目視，然而卻真真實
實地存在每個物體相互之間，就好像化學分子式的結構，各種

不同的分子有不同數量與不同質量的鍵，分別接納與排斥不同的分子體，量子之鍵也依照量子的分類而與不同的量子相吸或相斥，這就是愛情的原生質。郎亞玲對愛情的執著不同於一般人，她利用詩來闡訴心靈深處的愛情量子衝擊。

　　她自始至終對愛情的迷惘毫無解答，卻也不曾釋手，很簡單的道理，「一部文學作品，即使不紀錄夢境，本身乃是一個夢，作者的夢。」她在〈音〉詩中，有一段如此寫道：

　　　　你將聽見另一半的世界

　　　　正撲面而來

　　　　如潮湧動

　　　　掀開你從未經歷的美景

　　　　　　　　　　　　　　　　　（郎亞玲，2023，〈音〉）

　　詩人心中另一半的世界，是什麼樣的世界，用凡俗眼光來衡量，每個人都會猜：「啊！我知道，那是理想中的愛情園地。」心中不由自主地浮現出兩人相親相愛，花前月下沉浸在溫柔鄉裡，不慕鴛鴦不羨仙的世界；何不再往深處著想，那是撲面而來的寂寞世界，是歡笑以後的失落，是恩愛之餘的寂寥，可能也是不可抵擋的宿命捉弄後的傷痛；再往更深處探索，脫離浪漫的社會科學領域，往理則學的現代觀挖掘，那另一半的世界是能量運動的世界，是一種量子糾纏與量子疊加的世界，能量在生物運作過程中扮演著極端重要的關鍵角色，如果沒有那些互相吸引或互相排斥的本能，愛情也不會在正、負互相顛覆與互相聚變中演化出那許多令人永生難忘的故事來。說得更具體一點，它就是人與人之間的那一股很難解釋，卻操

控著異性分分合合的宿命，也不停的製造詩人心靈中，時時刻
刻縈迴纏繞不已的苦惱與孤寂的能量。

緣分與對稱

解讀物理學最清晰的方程式，有一個數學符號「＝」，它
不是等同，而是指「對稱」。人與人之間的感情互動絕非取決
於等同，而是取決於對稱，郎亞玲在〈你不信〉詩中耐人尋味
的一段：

> 你也永遠不會明白
> 一個軀體
> 如何容得下
> 兩個完整的靈魂

（郎亞玲，2023，〈你不信〉）

用量子物理來解讀看不見的靈魂世界是一件精彩而合乎邏
輯的方法，上帝用泥土依照自己的形象創造亞當，然後取亞當
的肋骨創造了夏娃，這個寓言已然毫無破綻地說明了世界上沒
有一個（或兩個完整的靈魂），而是一個或兩個殘缺而互補的
量子聚合體；從生物學觀點來解析，男性的DNA與女性的DNA
結構是各自的殘缺，兩相結合之後，進行融合再分化，還是產
出兩種不同的後代，永遠的殘缺才能代表永恆的追尋；從哲學
理論來觀看，兩具殘缺的靈魂才有機會彌合成為一個具體的圓
滿，華夏民族宗教道家的符號「太極」早已昭告世人，這個互
補（complementary）原理；生物學分化的雌雄結構，生理學的

男女生理構造也是互補；而近代物理學以及數學方程式稱之為「對稱」，正好符合量子糾纏的原理，而量子糾纏也隱喻了愛情之間的能量關係。

馬可士・鍾（Marcus Chown）在談論量子理論時就說過一句話解釋道：「電子之類誕生的兩顆次粒子（電子本身即量子），確實會以快過光速的速度互相影響，即使它們位於宇宙的兩個相對的側邊也是一樣。以專業術語來說就是『糾纏』（Entanglement）。」（Chown, Marcus. 2019:276）更確切地說量子彼此之間都擁有一種看不見的能量在宇宙間藉著鬼魅般神奇的「超距作用」互相聯繫，由於能量的頻率與波長的差異，聯繫關係有所強弱或有無，這種糾纏態解釋了為何愛情會在無理由的瞬間觸動，而量子糾纏正好說明了男、女之間「一見鍾情」的可能性。這種「超距作用」以社會科學的一般用語來解讀，也就是人與人之間，甚或男與女之間是否會在目光相接觸之際產生電光石火的撞擊，誘發心靈上的對稱性自旋（一個左旋，另一個必然右旋），進而墜入情網。在郎亞玲的詩句裡，我們讀到量子糾纏的那一根極細極細的針：

> 以一縷絲線
> 讓邊際無限擴延
> 以一只
> 針
> 將所有的距離
> 和疼痛
> 祕密縫合

（郎亞玲，2023，〈版圖滲透〉）

這短短幾個句子裡，我們的靈覺感受到那看不到、聽不見、撫觸不著、無嗅無味的神奇力量，瞬間牽引著相對稱的兩性互相產生強烈吸引力，進而隨著各種官能的感覺接觸而增強，直到情愫在彼此的靈魂中著床，這一股奇妙的靈力只能稱之為「緣分」，此外別無其他。

愛情疊加態

其次當兩團相同頻率的粒子波產生接觸狀態，也就是兩相應許，墜入情網；接下來便要面臨感情的折磨，包括愛與不愛、愛多少、能否更深入、是不是會有持續力、乾柴烈火般快速進展或是源遠流長似地慢火熬煮，這便是「量子疊加」（Quantum Superposition）的作用關鍵。這一段愛情拉鋸現象正是浪漫與衝擊交加煎熬的階段。所有的情詩內容幾乎佔有85%的比例，都在這一個階段裡發出愛、恨、情、仇、傷、憂、抑、鬱中繽紛翻騰。郎亞玲的情詩有說不盡的相思血淚在字裡行間泣訴。

基本上詩人寫詩是在抒發自己的過往舊事所引起的情緒，而絕大部分的過往均離不開欠缺或遺憾，不管是歡笑的往事，或是悲痛的分離，必然在胸臆中埋下依依不捨的回憶，愈是不堪追憶，愈是倍感刻骨銘心，許多情詩也佔據絕大份量的空間描述著美好的思念。

　　睡或者醒？
　　跋涉所有夢境的過去
　　遺忘還是聆聽？

咀嚼毋庸啟齒的昨日

讓枯葉在鞋面翻滾

（郎亞玲，2023，〈線索〉）

當我們挪移遲疑的步伐

進入這一切

卻稱它是

一種決絕的美

（郎亞玲，2023，〈廢墟〉）

眼

有著

不給靈魂出走的瞳孔

因此得見──

強者的淚水

弱者的利劍

愛人的祈禱

仇人的訕笑

（郎亞玲，2023，〈一隻不為人知的眼〉）

　　躑躅在字詞疊加起來的句式中，可以聽到作者內心的掙扎；看到詩人靈魂佈滿哀傷的彈孔；夢中猶見咬緊牙關踩著遍地落葉小徑踉蹌而行，思及不堪回首的往事，眼神呆滯，步伐遲疑，不管是傷感或是憤怒，讓故事終結在決絕的淒美上，畫下一道漂亮的休止符，回家自己療傷止痛，讓傷口結痂，時間是一帖萬靈丹，會有一天把淚水、雨水、血水烘乾抹淨。文

學、藝術是一種神妙語言，一種漂亮的出口，把傷心的變故化成無聲的話語，在畫面之外傾囊而出，留下一些美好的餘光片羽，在午夜面對自我時反芻聊以回味。

愛情能量的延展為何既複雜而又多變，既濃郁而又清淡，既甜蜜而又苦澀，這可用最簡單的量子疊加原理來詮釋。物理學說明量子既是波也是粒，當兩股相當力量的量子波互相疊加時，就好像兩顆石頭丟入水裡，雙雙激起漣漪，兩股波浪逐漸擴展，終至互相疊合，「某一量子之機率波的波峰恰巧與另一量子之機率波谷重疊，因此它們會互相抵消，或說相消干涉，造成在這些方向上發現量子機率為0。」（Chown, Marcus. 2019:276）意思是說兩股量子波因為波長與頻率不同，重疊之後會產生干涉現象，而互相抵銷。反之，兩股漣漪的頻率與波長相同，那麼漣漪將會會合產生更大的力量擴散得更長更久。這跟電磁波的強化或干涉現象相同，而能量與能量之間的磁吸之鍵豈不與男女之間的愛情之緣相似。

天下事當然並非只是單純的兩極化二分，非黑即白，非好即壞，愛情的複雜與多樣性就跟量子疊加所昭示的各種狀態變化一樣，時間則為「愛情疊加態」上演的時空舞台增加一道光譜，有時黯淡，有時光明；有時燦爛，有時幽暗；人體是一群量子聚合物，因此所具有的能量狀態隨著聚合的差異有所變化，愛情故事之所以會因人設事一般變化多端，在人間扮演著不同的劇情，也就無可厚非了。

且聆賞郎亞玲的第二部詩集中許多愛情疊加態的例子：

> 強壯的臂膀即將遠行
> 小小的身軀蜷縮哭泣

維繫靈魂的兩頭
我們緊緊擁抱
由遠而近
迴旋的舞曲響起

（郎亞玲，2023，〈手之圓舞曲〉）

原來　　沒有你
用字組成的相思
也許總歸是
散落的
珠子

（郎亞玲，2023，〈詩魔〉）

愛
是凝固的時間
溶解後的
一滴
淚
水

（郎亞玲，2023，〈等〉）

　　所有的椎心之痛均起因於別離，想像著蕭邦在即將離開祖國前往巴黎時，對著心中仰慕的華沙音樂學院學生葛拉柯芙絲卡道別離，他生性羞怯，不敢當面傾訴，所以在她旁邊彈奏著優雅、傷感的鋼琴奏鳴曲〈別離曲〉，那種感傷卻又浪漫的情趣，讓人聽了心動，別離總是帶著千頭萬緒的不捨，忍住淚水

不讓它滴下，藉著詩句、歌曲甚至於繪畫來間接傳達心中的情愫，留下千古絕唱。由別離引發的思念更是藝術作品所要傳送的核心。郎亞玲的詩句中，因別離而產生思念之情數量最多，也最啟人共鳴。

所有故事的結局

　　「心靈，就是能知覺到的任何東西，比幽靈更加像幽靈似地進入我們的空間世界裡。它既看不見，又摸不著，甚至是個沒有形體的東西。它不是物體，所以它無法用感官證實其存在。」（Shrodinger, Erwin. 2016:171）薛丁格引用謝靈頓爵士著作《人的本性》中一段話，闡明感覺是一種主控心靈活動的世界，無形無影，來自構造複雜的量子聚合的意識能量，在量子理念下心靈世界也是物質世界的一部分，從感官所放射出來的訊息，也只有感官能夠接收。最簡單的例子，兩個人不期然而遇，最初的訊息接觸來自眼睛所釋放出來的眼神，互相投射之間，觸發了似曾相識的感覺在心靈發酵，眼神也是一種能量，釋放出的量子訊息，無法用科學方法測量，卻能激發烈焰似的愛情之火燃燒起來。心靈就是意識能量的總稱，是愛情的原動力，愛情這個事件既複雜又曲折，談一場轟轟烈烈的戀愛之後，緊跟而來的是永無休止的悲戚與哀傷，想起李商隱的〈無題〉：「相見時難別亦難，東風無力百花殘；春蠶到死絲方盡，蠟炬成灰淚始乾；曉鏡但愁雲鬢改，夜吟應覺月光寒；蓬山此去無多路，青鳥殷勤為探看。」愛情的魔力直接發源自潛意識深處的量子糾纏，愛情的各種樣相則是生命互補的能量疊加態。所有故事的結局都寫著無窮無盡的愛的悲嘆。

「所有愛情挫折的痛苦，都是由於壓抑了溫柔的、及肉體的情緒，由於阻塞了生命力，有時候詩人會坦率地敘述他們真正的失意，或者以特別的方式暗示出來，使我們可以從詩中感覺到這種想法。」（Mordell, Albert. 1975:161）於焉在閱讀絕大多數詩人的作品，都很輕易地感受到失落的愛情，所產生的悲傷與憂鬱，以至於絕大多數的庶民詩歌作品也都耽溺在寂寞與傷感之間，因為寂寞與傷感本身便帶有動人的「淒美」成分，也增加了激發讀者普遍的心靈共振。且觀看郎亞玲的詩作，有著數不盡的落寞：

我不寂寞
我有寂寞陪著我

由於你的緘默
我吞下所有愛情的回聲

（郎亞玲，2023，〈我不寂寞〉）

冬日的雪已經慢慢凝固結冰
無法相信今日的告別
來世還會相見

塵封的諾言
哀泣著

（郎亞玲，2023，〈雪祭〉）

當我壯年
思念是把鋸子
來來回回
鋸開生活的傷口

（郎亞玲，2023，〈思念〉）

一個人一輩子只愛一個人嗎？開始轉進愛情漩渦時，每個男人或女人都會私自這樣問自己，任誰都希望能得到轟轟烈烈的愛情，可是來得快的愛也去得快，得不到的愛可能是量子無法糾纏，失去的愛則是量子錯誤的疊加；容易得來的愛通常都不會珍惜，等失去之後才領悟和悔恨；人類的自私與貪婪會告訴自己走了一段，再尋覓另一段，印證了每個成熟的人總是遍體鱗傷；因為心底深處儲存著不少不堪回首的往事，過去的美好必然永遠鏤刻在心版上。

消失的甜美

月桂只青一季
愛情只活一天

這兩行詩是英國詩人史文奔（Algernon Charles Swinburne, 1837~1909）在他的詩集《詩與小調》（*Poems and Bllads*）中的名句，很多快樂因為愛情而誕生，很多悲傷因為失去而不朽，偉大的詩人之所以能夠不斷地寫出感動人心的詩句，因為她（他）不停的把愛情的感觸，運用纖細的情感藉著語言展現出來，詩句的珍貴與動人是因為詩人長期沉湎在愛情的甜美與悲

鬱中激盪而出，史文奔與雪萊、拜倫等詩人有著曲折離奇的愛
情故事，因此造就出他的詩作如此耐人尋味，讓人馳騁其中難
以釋懷，他的〈諾雅德斯〉（Les Noyades）描述自己的失戀心
境與當時傳說一位青年與一個不愛他的女子不幸，被人綑綁起
來丟入羅萊河（Loirs）的悲慘事件一樣，其中一句如此寫道：

> 啊　愛情，人生至樂不過如此
> 已識愛情滋味，又被擲出上帝的視野
> 是何等苦澀
>
> （Mordell, Albert. 1975:72）

　　回述愛情至樂的詩句，是郎亞玲詩集當中佔有很重的分
量，欣賞郎亞玲的詩作，愛情的甜蜜與極樂的描述，正是身陷
情網以及被情網遺漏的失意情人們不可不據以自我安慰的甜蜜
苦藥，詩人對愛情所帶來的至樂部分有兩類，一是歌頌戀情的
溫馨與美妙，一是極為隱晦的性愛描寫，兩者皆能掌握符號所
具有的隱喻與象徵手法來表現，分述如下：

> 銀河的圍巾
> 呵護夜的脖子
> 詞窮的約會
> 不如散步到溪邊釣魚
> 愛情
> 據說不可以太平鋪直敘
>
> （郎亞玲，2023，〈化石和金礦〉）

翻了個身
折起記憶的棉被
層層疊疊
窩藏的情話
飄出不見枯黃的楓香

（郎亞玲，2023，〈請勿擅入〉）

思念的仰泳
讓裙襬飄浮
如
一朵雲

（郎亞玲，2023，〈他方〉）

　　郎亞玲非常善於描摹情人互相包裹在糖衣裡的清甜氣氛，她用纖情細柔的文字編織起一幕幕令人愉悅的意象，不由自主地、深深地陷入腦多酚大量分泌的氛圍裡，久久難以自拔，這些美極妙極的意境，直逼浪漫主義詩人們所建造的漂亮唯美象牙塔中，渾然翱翔。其中有一句極其精妙的敘述：

你是覆蓋我的
葉脈

（郎亞玲，2023，〈葉脈〉）

　　精準而鮮活地寫盡兩具裸著身子的軀體，互相包融、互相滲透、爛醉如泥、如煙、沉醉如雨、如霧，在落霞中與孤鶩齊飛，眼際間的秋水共長天一色，漸漸地與宇宙溶為一體，分不

清你我。這不正是兩顆量子在同一個黑腔中互相糾纏，互相疊加的最佳狀態，讓代表生命的熱量爆燃，在最高的絕對溫度上輾轉反側。此際，詩人不得不讓詩句的範疇再往至極之樂的境界悄悄地邁開一大步，那些不太讓衛道之士們樂見的隱晦空間的描述，在詩人的筆尖上騰躍不已。且看：

> 只因
> 覆蓋了
> 昨夜如浪洶湧
> 的吻
> 在黎明
> 我難以起舞
>
> （郎亞玲，2023，〈聲聲慢〉）

> 介於冰山與火山之間
> 折衝堅定不移的板塊
> 世界在你的瞳孔裡
> 只見一片深邃的海洋
>
> （郎亞玲，2023，〈我和你，馬里亞納海溝〉）

> 曾經那　深情的鑿痕
> 曾經那　溫潤的鐘乳
> 向地底千仞的暗礁
> 匍匐如潮
>
> （郎亞玲，2023，〈你是狂放的夜〉）

　　每一個句讀都包含著一種劇毒，每一個字母都隱藏著曼陀羅花的迷魂劑量，每一片文字所營造出來的意象都讓人的血脈激憤，每一幕詩句雕鑿出來的動態心象都讓人紅雲漫天，唯獨未經風雨淘盡青春的青澀少年讀不出來其中的譬喻，只要是浪跡天涯、歷盡滄桑的孤獨旅人，才能體會到過往那許多只屬於兩顆熾熱靈魂的肉體溶液沸騰的歡愉，沒錯，郎亞玲的性愛詩句描述得極具巧妙。這反而是很多詩人所避諱的外宇宙詩境。

　　愛倫坡說，「沒有一個作家敢真正寫出她心中全部的思想和情感，怕紙張會被這些思想和情感燒毀。」（Mordell, Albert. 1975:12）其實我們仍然可以從作品當中所隱藏的原始心靈欲動感受出它們內在殘留的回音和記憶，雖然那些殘留的回音和記憶已在成長期間被文化所建構的理性所平息，卻不可能完全根除，因此許多與愛情相關的經歷與欲望便會在作品的褪牆斷壁當中隱然若現，這些隱現的情欲往往力量強大，只要用心去感受詩句當中的潛意識，很快便可以被銳利的衣角劃傷，它們都是不可磨滅的真實。「當靈感來臨時，作者渴望表達某些事件所造成的概念與情感，雖然他們的理性追蹤不到來源，他（指詩人）說出的確是整個人類埋藏的靈魂。」（Mordell, Albert. 1975:7）郎亞玲是個特立獨行的女子，她自始至終獨自一人行走在藝術創作道路上，所以閱讀她的詩作，不必受到許多現實流行的語法、當代設限的創作教條所規範；閱讀她的詩作，等於閱讀她的真實人生旅程，真實而不矯飾，坦誠而不造作。

　　有幸獲邀為她第二本詩集寫序，用心讀完她的兩本作品，感觸良多，特以她新詩集《我和你，馬里亞納海溝》中〈馬嘶在風中〉最後一段做結尾：

你是酣醉的詩人
向昨日借一點回憶
向明日借一點夢境
將今夜的私語
一飲而盡

參考資料

郎亞玲，2013，《愛若微塵》，大溪藝文之家，桃園縣。

郎亞玲，2023，《我和你，馬里亞納海溝》，秀威資訊，台北市。

Chown, Marcus. 2019，《重力簡史》（*The Ascent of ravity*），中譯：蕭秀珊，
　　商周出版，台北市。

Mordell, Albert. 1975，《愛與文學》（*The Erotic Motive in Literature*），中譯：
　　鄭秋水，遠景出版社，台北市。

Shrodinger, Erwin. 2016，《生命是什麼：薛丁格生命物理學講義》（*What is
Life: With Mind and Matter and Autobiographical Sketches*），中譯：仇萬
　　煜、左蘭芬，貓頭鷹出版社，台北市。

【推薦語】

古月（詩人，創世紀詩社社長）

她以狂醉舞台的態度詩寫生活或感情依戀，既柔弱又堅韌，面對命運時又桀驁不馴。追尋現實生活《線索》：「睡或者醒？／跋涉所有夢境的過去／遺忘還是聆聽？」她說：「頹圮的牆隙／我聽到太多風的耳語」。人生許多缺憾須用詩來修補：「將所有的距離／和疼痛／祕密縫合」。

白靈（詩人）

這是一本奇特的生命之書、人性之書、情愛之書！此集以平易又深具創意的詩句、懇切的大地之音、浪濤掀天的勇敢，記錄了一位女性一生不斷尋找一片愛人的胸膛，只是想聽聽迴盪內心深井的跫音，掀開另一半世界尚未閱覽之美景，即使隔著萬丈深的海溝，也要不顧一切、讓傷口再長出翅翼地飛越！

李碧華（文字工作者）

亞玲出版詩集，「好像」最早的源頭是我，卻又不確定，根本沒做什麼。

透過心事傾吐，懂得詩人表達的詩境。文字越洗鍊，惆悵越深沈，郎亞玲寫出真實人生那難以逆轉的心碎與情傷。

孤寂或狂野皆只在當下，盡顯優雅才是原版。

石德華（作家）

　　這世上，任何邏輯都無法和她合拍，她會崖邊突然華麗轉身接住自己，她在很多起合之中，承與轉沒卡榫，應該斂的年齡，她還想戀，揚翅或折翼她都有一片天空，兩腳人工關節，手指節扭曲腫大了，她還能常在臉書上嚘嚘笑笑類網美，她將生命活成失序的邏輯，所以，她能寫詩。

高苦茶（《人間書話》、《禁斷惑星》作者）

　　詩集名稱來自集中一首，所謂《我和你，馬里亞納海溝》，並非我和你之間橫隔著馬里亞納海溝，而是詩中的「你」就是馬里亞納海溝。如此深邃、神祕、不言的你，令「我」望之卻步。

　　然而整本詩集的調性並非如此絕望難解，相反地，大部分是情詩，詩人「我」與情人「你」談了好多好多甜美粉膩的戀愛，足以填滿馬里亞納海溝。

　　導演之詩，畫面感特別強烈，劇力萬鈞。細品全書四輯132首，其詩味亦甘亦澀亦苦亦惑，有熟女的睿智，同時又有少女的天真，只有郎亞玲可以辦到。

曾昭旭（淡江大學中文系榮譽教授）

　　讀完詩集，像跟詩人談了一場捉摸不定的戀愛，在她的誘導之下。

　　郎亞玲的詩，一言以蔽之，就是藉詩意的凝視，而看見了詩意的本身。她的詩言語流動自在，不刻意經營意象，賣弄辭藻，卻畫面躍然，自饒詩趣。所敘之事是如真似幻之事，所抒之情是若有若無之情；而如此模糊曖昧又明白精準，不正就是

美的精靈之所在？

喜菡（《有荷文學》雜誌社長暨總編輯）

愛是不變的信仰。與愛對話、向愛乞求。即使已是流淚的雪、苦守牢籠的愛情奴隸，依然堅信有一位密使有一把劍刺破荒城，讓愛情復活。是說故事的女巫，文字輕盈如煙，重重疊疊自我掏洗，試圖鍛鍊出一個新的愛的魂靈。

張宏聲（International Abilympics 攝影類國際裁判、映莘攝影學堂創辦人）

永遠不臣服於生命的逆境、
永遠堅守於自己最真實的靈魂！
倘若一件作品能夠代表作者的靈魂，
那麼與其看見作者的本人，
倒不如看見其作品來得更為真實！
郎亞玲的靈魂及她最深處的自己，
都俱見於她的劇作、她的文字、以及她的詩；
我就是這樣的認識她這樣的一個人。

楊渡（詩人，作家）

鋼琴般的音節，清新的意象，乾淨的文字，映現一顆純淨的追尋的心，構成這一本詩集的調子。因為純淨，所有的追尋與迷亂，擁抱與疏離，掙扎與回歸，回首與遙望，也都帶著原初的、觸動的力量。自然寫來，真心抒發，自有動人之處。

鍾喬（詩人，戲劇工作者）

在一首稱作〈不許〉的詩中，郎亞玲這麼寫著：「試問／月色／又如何能阻止／我的靈魂／奔向你的星雲？」

這是一首情詩，寫給情與愛。詩人說：情是內在的弦，幽微纏繞而得以自許。然而，「愛」在古文象形中，既是心且是口又須行動，故而顯得外化而艱困。這是郎亞玲在詩中的感性認知，很值得玩味。為什麼？因為，詩人如郎亞玲總是將環繞的外在世界，透過詩的情境，內化於身心內在，寫出一行行詩句。

這是她的詩句引人致勝之處。讓人在閱讀後，衍生很多自在的聯想。

羅思容（自由創作人）

在戲劇與詩之間，有一條屬於郎亞玲的馬里亞納海溝，這條海溝神祕不可測，她時而狂歡時而沉寂；時而大智若愚時而通透老辣；時而像個超凡的女神時而又傻得像鄰家姐兒。在戲劇與詩之間，她總是以某種方式燃燒、重生，而後成為一隻不死的鳳凰，傲然垂視世界。

靈歌（野薑花詩社副社長）

從劇場走向詩，是身體的休息，靈思的沉澱與噴發。從年輕到初老，愛情，總是包覆驛動的心，在每一首詩的文字中，奔跑、旅宿、不斷遷徙與種植。

這是創辦劇場、編導、藝術總監的郎亞玲，是出版第二本詩集的詩人，是收集2015至2023年作品的詩集《我和你，馬里亞納海溝》。

　　地球最深邃的海底，依然有愛呼喚，有情呼吸。文字勾連，帶你輕輕越過，海與陸地的距離。

目次

第一輯　讓我們環繞這個城市（2021-2023）

第二輯　我和你，馬里亞納海溝（2015-2020）

第三輯　如果此生必須認識一個人（2015-2023）

第四輯　短詩（2015-2020）

第一輯

讓我們環繞這個城市

（2021-2023）

線索

黃昏
為了海的盡頭
我們沿著木棧道行去
慵懶的金光穿過濃密的雲層
顯得有點兒漫不經心

我們的青春尾隨其後
打打鬧鬧
踩著風車的節奏
陪伴發出笑聲的剪影

你是靜穆的燈塔
我看著
你領口的線頭
蜿蜒至難以丈量的旅途

睡或者醒？
跋涉所有夢境的過去
遺忘還是聆聽？
咀嚼毋庸啟齒的昨日

讓枯葉在鞋面翻滾

誰能阻止時間像一夜的雨
在樹梢屏息後
無聲無息

當我們搭著肩
一如兒時玩伴
等著齊喊：
「月亮出來了！」

我悄悄摺疊每一波浪花
查看退潮後沙灘的痕跡
那或許　是你我活著
讓你憶起
關於我
的
線索

廢墟

掙出的鮮活紅色小花

扯著嗓招呼著

影子牽著影子

時間黯淡下來

退到一只醃菜的甕

如果這都是宿命

挨著身半蹲的破椅

似乎也不用再堅持什麼

當我們挪移遲疑的步伐

進入這一切

卻稱它是

一種決絕的美

廢墟——

曾存在的

已然消失

已完成的

變作了

未完成式

我們風大浪大地繼續前行
頹圮的牆隙
我聽見太多風的耳語

「放心被廢墟淹沒吧！旅人！」
我承認
這是一道道艱澀的
哲學命題——
關於活著
關於死亡
關於停留
關於移動
關於說
還是沉默
關於離去
還是歸來

關於困惑——
關於
愛

或者
不愛

生死流轉
旅人不求甚解
只顧著離開

一隻不為人知的眼

這是一個祕密
平日
我只有一隻眼
用它來隱忍這個世界

另一隻
存在
卻遺忘多年
那隻眼
不看美或醜
不問黑與白
只隨著風
自由地開闔
如花葉

偶然失眠的眼
可以直視霓虹燈下的撲翅飛蛾
或是瞥見漫舞月下的孤獨精靈
眼
有著

不給靈魂出走的瞳孔
因此得見──
強者的淚水
弱者的利劍
愛人的祈禱
仇人的訕笑

惺忪的眼
疲憊的眼
迷惑的眼
直到有一天
看見行走的你
緩緩睜開
的那隻眼
鏤空般的眼窩
如荒野的洞穴

你說：
「尊貴如蚌珠啊！」
只有你
認為
那不是缺陷

於是

那隻眼

淚流不止地

滾向了大海的

無邊

答案

為了「生存」
我們都需要一個
答案

小時候
我在紙上塗鴉
老師問：
這是「人」嗎？
還是「樹」？
所以後來
我就畫
像人的樹
和　像樹的人

他們說
流汗是為了休息
刺刀是為了和平
他們說
眼淚是為了決心
死亡是為了榮譽

沙塵蔽天

我在沙漠探覓綠洲的蹤跡

塔身傾頹

我在海上搜尋停泊的島嶼

飛沙吹得似滿口承諾

從不兌現

海浪一波波綿綿情話

亂語胡言

長大了

我在紙上塗鴉

我問自己

這是「愛」嗎？

還是「虛無」？

答案

你從不預見

你不信

你不信
剃了眉
剪了髮
瞎了眼
我　還是我

你不信
斷了手
瘸了腿
失了聲
你　還是你

你不相信
原來靈魂
沒有眉沒有髮沒有手沒有腳
無影　無蹤
無聲　無息

你從不相信
當你呼喊

或是尋覓

我的靈魂

會在你眉間

在你髮隙

在你掌心

在你腳尖

自由來去

也許

一個不留神的顛躓

我會成了你的一部分

但我想

你也永遠不會明白

一個軀體

如何容得下

兩個完整的靈魂？

音

如果
將耳朵緊貼枕頭
咚咚咚咚
如輕輕敲門
你將聽見心臟的顫音

如果
將耳朵貼近大地
轟隆隆轟隆
猶火車駛近
你將聽見地球正在運行

如果
將耳朵平貼在愛人的胸膛
蹦蹦蹦蹦
你會聽見熟稔的跫音
忽強忽弱
忽遠忽近

你將聽見另一半的世界

正撲面而來

如潮湧動

掀開你從未經歷的美景

手之圓舞曲

寬闊的街道橫阻在
你我之間

隱約看見一隻
睥睨的手
在風中揮動
說
「你好！」
階梯在腳下
我們拾級而上
想像一只風箏
飛越天際線
你的手
攬下我沉重的行囊
你笑了笑

俯瞰翠綠平原
流水穿過稻田一畦
肩並著肩
我們相視靜坐

凝視青春

如拱橋的倒影

夜晚的街道

蜿蜒如河流

城市明滅

路燈閃爍

我們牽起手

彷彿向著銀河奔馳

你燃點所有的光

如露亦如電

強壯的臂膀即將遠行

小小的身軀蜷縮哭泣

維繫靈魂的兩頭

我們緊緊擁抱

由遠而近

迴旋的舞曲響起

臨行

你緩緩打開手心

送給我

黃昏的眼睛

那漫長的告別

直到

黎明

版圖滲透

我們相約
從鐵路的這頭
從鐵路的那頭

我們相約
在海的此岸
在海的彼岸

我們相約
向河流的上游
向河流的下游

從屋簷下落羽的燕巢
在繁花叢生的靜謐院落
向綠蔭隱蔽的街尾轉角
愛情的織錦
如
版圖　滲透

以繽紛五彩

暈染一屋子的蕭瑟

以一縷絲線

讓邊際無限擴延

以一只

針

將所有的距離

和疼痛

祕密縫合

讓我的世界也是你的世界

童話

在山櫻花枝頭含苞

滿山搖曳的春天

嫣紅等待狂暴的山風

從矜持到盛放

僅僅隔了一天

你的行囊裡已經盛滿

滾動的露珠

沉睡的井水

和有翅膀的彩虹

你問：

「辦得到嗎？」

如果再裁一匹布的晴天

或借到星星閃亮的外套

那麼我

無論是白日或漆黑的夜

都能讓公主隨時

找到

結果女巫比女僕還會為孩子說故事

她說這段艱辛

且無止境的旅程

王子不耐孤獨

而變賣了指南針

他垂頭喪氣

牽著駿馬

繞著虛掩的城堡和護城河

渾渾噩噩

而隱身森林的公主

通常會死一次

儘管小鳥放聲啁啾

兔子、小鹿、小狗流淚祈禱

因為沒等到王子的冠冕

公主只好學著女巫

剪掉了長髮

將咒語解除

這時，女巫對孩子說：

「顯然，心鎖比門鎖更快

將幸福打開」

不當長髮的公主
就當
說故事的女巫

在
山櫻花枝頭含苞
滿山搖曳的春天
嫣紅等待狂暴的山風
從矜持到盛放
僅僅隔了一天

他方

我
駐足
如黃昏的一粒
砂

你是夕陽
照拂我
煦煦金光
拂面

而你
明日悠悠
而我
昨日綿綿

海水沁涼
滲透我的腳底
一會大浪
濡濕了我的髮隙
思念的仰泳

讓裙擺漂浮

如

一朵雲

大海此刻

是天空的灰藍

悠遊的魚群

從不負傳遞信息

四方湧浪

漫開

如哨音

暗礁多阻

水草纏繞

被浪潮捲落的船身

已然在風帆留下

貝類的

齒痕

乘海潮

你默然

向他方

泅泳而去

親愛的人
若我
以愛為筏
可會划向你所在的
島嶼？

請勿擅入

吹一口氣
藍天盡在眼前
山水迢遞
日記通篇囈語

翻了個身
折起記憶的棉被
層層疊疊
窩藏的情話
飄出不見枯黃的楓香
胸臆開鑿
未知山路
獨自盤旋而上
隱身山嵐
一應一答

身置
迷霧之中
汽笛由遠而近
愛情猝不及防

背影

揮著告別的手絹

清晰浮現

平交道最初的警告：

「柵欄尚未開啟，

行人請勿擅入」

雪

氣溫陡降

人們急急忙忙喊著：

「可以去看雪了！」

「可以去看雪了！」

但雪是寂寞的

人們忙著準備毛帽，厚外套，毛襪，手套，雪靴

熾熱的心像要燃燒起來

大家開始堆起雪球

但只有雪的心是冰冷的

並且因過度悲傷

而留下了淚

雪在臉上的兩條淚柱

看起來有點滑稽

大家都十分訝異

紛紛用手指戳一戳

並且笑他懦弱

雪沉默著：

「但這不是淚嗎？

人們難道看不出來嗎？」

雪在夜色中獨自沉思

直到月亮

給了他一點點光

映光的雪地看起來是如此晶瑩美麗

雪很訝異

雪因此相信

即便明日放晴

他也不會在世上

完全消失

因為

這是他在月光下

起的誓

既往

離家出走的春天

裙襬閃動著

蕾絲滾邊

踢著小碎石

走到巷尾

躲進麵包店

啜飲半杯隔夜茶

讓苦澀徐徐

嚥

下

憶初見

是潑墨山水

不耐白描

任山泉湧現

無盡

漫淹

當瀑布剎不住奔騰的

倒影

只能用水花
編織一張
留白的信紙
上面隱約寫著：
「不念」

即便生鏽的葉片
也能在浪裡浮金
漁人捕魚
如寫詩

閉上雙眼
直見海岬　岩脈
一抹
飛燕

溜冰場

於是

我們在午後三時

相約在廢棄的溜冰場

想像穿上冰鞋

用雙腳銳利地邁開步伐

以為就此展開一身華麗的舞姿

分別沿著經度和緯度滑行的我們

猜測對方依隨的腳步

純潔如雪般貼身輕盈

然而

當慶典樂章的旋律響起

我們卻像幼兒般

歪歪扭扭

跌跌撞撞

那緊繫的雙手

向著未知

逐漸鬆滑

懸空

我們的青春場

那時　夢境和雪花平行

那時　我們不識「愛情」

把彆扭當成笑柄

把在乎裝飾成小心翼翼

把沉默和冷漠當成武器

直到難掩的淺笑

洩露了

初萌的愛意

但愛情的扒手

偷走了

肆無忌憚的流光

剩一方巨大的冰山

阻擋

冰凍三尺

是　一日之寒

你自詡

轉身、旋轉、迴旋、跳躍

一樣的動作

同步的默契

你挾持的狂誕

你擺弄的優雅

在冰刀劃過的青春場

竟無跡可尋

後來

漸諳人事

我們在午夜三時

再度來到廢棄的溜冰場

當慶典樂章的旋律響起

夢境僅能和雪花平行

於是

我們脫下冰鞋

終能

沉默地看著彼此

倘若世界即將消失

倘若世界即將消失
那一日
誰不想負傷而逃？

擁抱著昨日的羽衣
承諾的盔甲依然守護
奔向末日的最後一張地圖

連最後一口呼吸也不容放棄
聽覺只聞大地殘留的雷鳴
視覺僅存撲天的灰白與蓋地的墨黑
宇宙不過似一縷輕煙
任你吞吐
世界終將消失於地平線下

揮別虛假的面具吧！
遠離簇擁的人群吧！
瘦削的靈魂犯不著穿戴沉重的期盼
咆哮的夜
受涼的心

摔傷的果實

殘陽的冬日

來不及通宵買醉

更難以一夜豪賭

百般糾結的愛

影子是唯一豎立的紀念碑

倘若世界即將消失

那一日

沒了角色

失去故事

喪失歷史

軟弱如我

強悍如你

誰不想負傷而逃？

誰不想負傷而逃？

化石和金礦

在陽光下
花朵瞇著眼橫躺
雪花白的小兔子
從樹洞跳了出來

冰淇淋在小丑手中
慢慢融化
摔落地面的一瞬間
有恰巧相望的眼

銀河的圍巾
呵護夜的脖子
詞窮的約會
不如散步到溪邊釣魚
愛情
據說不可以太平鋪直敘

鞦韆鞦韆
可別盪得太高
薪柴它焦灼地

等待火焰

微笑的漣漪
一圈又一圈
圍著小船遶

你我的距離
似乎是一步
之遙

地底的化石和金礦
你
究竟要哪一樣？

思念

當我幼時
思念是煙囪
裊裊炊煙
懵懵懂懂
恍恍惚惚向著雲層
消溶

當我年輕
思念是個盒子
將不敢愛
不想愛
不能愛
的靦腆羞澀
統統裝在裡頭
當作青春的禮物
送給自由

當我壯年
思念是把鋸子
來來回回

鋸開生活的傷口

記憶中的風景

喋喋不休

離恨　傷別

繾綣衣袖

如卷軸

當我初老

思念是個搖椅

搖啊搖

嘉年華的彩帶

還纏繞在情人搖擺的身軀

那無邪的笑

那嚎啕的哭

那對天地起的誓

那沉睡的夢境

都酣醉不醒

我以為

我以為
陽光普照
就可以不那麼想你

我以為
大雨過後
就可以不那麼想你

我以為
我是向日葵
臨風總是笑臉迎人

我以為
我是露珠
被蒸發後無影無蹤

我以為嚴寒過去
終將是暖暖夏日
我就可以不那麼想你

我以為早餐豐盛

便是幸福

並且

沒有人需要憤世嫉俗

我以為信箱一定有信

就如同湖中有舟

我以為相聚

一定會彼此問好

而分離

我是不是就可以

不那麼想你

烏克蘭新娘

在下午一壺茶的時間
能否在無垠的曠野
與你相見？

桔梗花搖曳著紫色的花蕊
很美
而我只想要一顆牛奶糖
彌補被鯨吞的幸福

白色頭紗墜入泥淖
驚慌無用
吶喊無用
嬰兒還可以吸吮大拇指嗎？
有如來自俄羅斯的壁毯
上的塵埃
躺下吧
母親想必疲累地這麼想

槍聲，炮聲，奔跑聲
空轉的洗衣機

像飛機引擎

無端在低鳴

痛苦走在死亡邊緣的詩篇

被噩夢搖醒

血染紅的天空

不會是天堂的入口

在下午一壺茶的時間

遠方的你

無法阻止子彈穿梭在斷垣殘壁

讓果實藏在永無止境的保鮮期吧！

人生不該為戰爭開啟

我們被扼殺的青春

只因為一張不能翻開的底牌

大地生靈

註定

全盤皆墨

而你依然信誓旦旦——

「我將為我們的土地而戰」

葉脈

向著風的天籟呼嘯
追隨雲的舞姿翻騰

葉脈
血脈賁張
伸出頑強的觸角
沿著一束光
輸送養分
引領葉的身軀
匍匐前進

清晨
露珠在睫下分流
午後
不顧刺眼的陽光
奮力掙起
拖曳出
格外銳利的痕跡

當我

吁嘆流光

森森如霧

你仍

不斷　抽長

不斷　延展

埋藏至難以企及的

他方

你是覆蓋我的

葉脈

含情

而

款款沉睡

的葉

卻只是

夜色下

一彎新月

的

投影

夏季

心
飛到很遠的地方

對不起
我不能留你

心
是一片雲
沒有聲音
沒有足跡
你也將收不到
任何一封
信

我不能留你
在髮之間隙
我不能留你
如唇之嘘息

我停歇

除非

你是整個夏季

當熱浪翻牆而過

當熱浪翻牆而過
我正伏案編派一個故事
遠方無端傳來
如梔子花的香味

隔著失眠的枕頭
夢如紗般停靠
在夜湖的波紋
沒有一點聲音

忘記是否聽見你挪步的身影
透過復古鐵窗花
拼湊出的一張臉
歲月怔忡
原來
我們並不相識

於是
關於「吻」這個字
我忍不住撕了又寫

寫了又撕

恰巧成為主角的你
不知情地朝著屋內一望
那一刻
四周被黝黑佔據
吊燈僅僅懸著

沒有料到有人窺探的你
正邁開大步
我看見
有些落葉陸續
躺在你的腳跟
卻未曾阻擋你的去路

這時我終於
正襟危坐
鋪上一卷宣紙
並為你取了一個
秋天的名字

偷

我偷過　雲彩的繽紛
我偷過　篝火的柴薪
我偷過　年輪的日記

我大膽地　偷
暗暗地　收
悄悄地　藏
我是天之驕子
人間至富

你是　孔雀羽翎
你是　冠冕明珠
你是　深淵藏玉

我貪婪
我巧取
我欲望
你的　時時刻刻
你的　雲淡風輕
你的　忽現忽隱

你竟
毫　無　所　悉

你是不迴旋的　風
不拍岸的　浪
不著地的　鷹

我愛上你的
一無所有
我偷了你
了無痕跡
我變賣了
你
所不相信的
愛情

遇見雅尼克先生

如大提琴的拉弓
流淌旋律如湖岸推湧的霧色
夾在一本老舊封面的詩集內頁
有一張淡色的書籤似葉片飄落地面
註記著 1990 夏季一個不確定的日子
長髮的雅尼克打著 Jazz 的節拍
與我在台大附近的一間書屋
錯身而過

依稀　我在街頭迷途時天空總是很藍
喉嚨很乾的雅尼克點了一罐　啤酒
睥睨張望短裙女孩來去匆匆
煙圈悄悄悄悄飄向斑馬線的另一端
我們的青春是如此
肆無忌憚

又一個悶熱的雨天
雅尼克手握兩張電影票
我們的愛情幻影
來自戲院迴廊盡頭的放映間

散場後孤獨的雅尼克走向乾涸的河床

大橋的燈影跌入河溝

如失憶的夢遊者

月色下鏤刻出的泛光人形

是我在午夜驚醒

曾經的我們嘗試愛情的刺繡

針針入裡

卻如滑雪般劃過時間軌跡失速

沈入湖心

我於是忍不住問：

「我們見過嗎？雅尼克先生」

馬嘶在風中

馬嘶在風中
蹄聲由遠而近
穿披風的人
抖落一身秋意
拉住韁繩
環伺左右

這世間之人
有些瞧過一眼
應已足夠
有些則須靜靜駐留
對視，想望

踏進城堡的軼事
饗宴已然開始
豎琴的撥弦
舞出黎明的旋律
摺疊好的方巾
多麼一絲不苟

女侍們邊說邊笑

偷聽的故事

詩和日記

相遇或分離

即將傳頌為正史

原來是

遠赴一場多年前已約定的會面

帶著微笑的招呼　要

開一瓶被遺忘在地窖的酒

甦醒昔日的倩影

窗簾的流蘇

是燭焰的殘芯

不知石牆的壁燈

明滅了多少回？

如此溫馴

如此無語

我是夕陽餵養的細浪

徒留沙礫

在你指尖逡巡

你是酣醉的詩人

向昨日借一點回憶

向明日借一點夢境

將今夜的私語

一飲而盡

夜幕

夜　幕　低　垂
呢喃著：
「我再也等不到
我的愛情」

僅有
道別的楓葉
頹喪的牆　與
意志潰散的水仙
當日記浸潤於蒼白的雪地
當經典最後一頁的註解被撕去
任命運之紋佈滿行路
這冷酷的人間該如何取暖？

你曾拋下人群
調頭離席
卻難以告別生存的星球
繼續搖滾紅塵

再度相遇的瞬間

我看見你眼波如湖水的湛藍

如是

你已默默

陪伴我

以風的笑顏

雲在透光

月在發亮

夜幕

只有將灼熱的信箋

閣上羞怯的詩行

徒留告白

給不知情的星雲

於是　他們說：

「你再也等不到

你的愛情」

誰在狂舞中重生？

誰在墜落時覺醒？

愛終究是──

不能移走的步伐

無法放手的擁抱

和

沒有縫隙的

吻

我想

除了你

我再也等不到

我

的

愛

情

不許

你
不許星子閃爍
星子　不許火車鳴笛
笛聲　不許夜鴞靠近
夜鴞　不許獵人舉槍
槍　不許瞄向夕陽

夕陽
不能阻止沙灘歡唱
沙灘　不能阻止海浪翻騰
海浪　不能阻止船隻前行
船隻　不能阻止燈塔佇立
燈塔　不能阻止月色迷離

試問
月色
又如何能阻止
我的靈魂
奔向你的星雲？

讓我們環繞這個城市

讓我們環繞這個城市
請答應
一起做一件傻事

到花海的山坡
吟吟一笑
仰天有墨色的
雲層
揮別昨日
似錦繁華
用濕潤的
眼角

在捷運車站
追逐
任意喊叫
在車廂
閉上眼
用力吻我
裝作素不相識

我是沉睡的公主
失傳的部落圖騰
偽裝的真愛典故
你是偉大的工程師
重新構築飛行的航道
要另起一座城堡

依約
你把孱弱的月
與倉皇的書
一起收進
世紀的膠卷

而我
將成堆的謊言
枯黃的愛情
埋進入心墳
轉身的衣袂

當我們在銀河
漂浮
請答應

一起做一件傻事

相信愛情

總可以

透明

無瑕

並且

重新開始

聲聲慢

午夜
我利用月色的貪婪
對著穿著睡袍的
街燈
高舉酒杯

緋紅的臉龐
以迅雷的速度
搖步向
你
失眠的腳跟

我舞著一步步
命運的探戈
在陌生的草原盡頭
與你相認

你掀起我華麗的裙角
如楓葉落下
紛紛

只因

覆蓋了

昨夜如浪洶湧

的吻

在黎明

我難以起舞

氣溫在耳際無數呼喚聲中

還寒

乍暖

於是

我用凝望的線條

編織你的名字

我的咖啡，我的茶

我的咖啡，我的茶

我的昨日，今日和明天

我的桌子，我的椅

我的蟲子、餅乾、巧克力

我的眼睛、鼻子、我的嘴

我的眼淚，我的夢

我的詩歌，我的星球

我的等待

我的

笑

你的掌心，你的宿命

你的午夜，你的黎明

你的沉思、動作和語言

你的啟程、過站和遇見

你的洇泳，你的奔跑

你的靜默，你的戀

你的書，你的領土

你的凝視

你的

我

關於愛情

愛情是感性

愛情是直覺

愛情是偏見

愛情是執迷

愛情是狂喜

愛情旁若無人

愛情奮不顧身

愛情鋌而走險

愛情鋪天蓋地

愛情天機不可洩漏

沒有正經八百的愛情

沒有不偏不倚的愛情

沒有淺嚐即止的愛情

沒有取一瓢飲的愛情

沒有身心分離的愛情

愛情會流動

愛情會跨越

愛情會抽長

愛情會蔓延

愛情有著魔法

愛情是純潔的天使

愛情是天真的孩子

愛情是欲望的魔鬼

愛情是救贖的神佛

愛情無法無天

愛情不求

真愛求之不得

愛情不欺

真愛真誠以對

愛情不悔

真愛一往情深

愛情不爭

真愛莫能與之爭

愛情不滅

真愛能超越死亡

失落愛情的心

如秋日行走的風

沒有愛情的人

如高掛屋簷的風鈴

歌頌愛情的生活

是嚴冬環抱的陽光

而給我愛情的你

將是一片廣袤無垠的

海洋

雪景

雪地向我招手

我脫了鞋襪

奔向紛飛的大雪

我們滾雪球，互拋雪塊

影子在雪地是個啞巴

雪人咧著嘴憨笑

我們是兩個不思考的傻瓜

忽冷忽熱

倏合倏離

心念如一

我從冰冷甦醒

我們牽手走在無止盡的長廊

我遺落的髮圈

正巧落入你的皮夾之中

就這樣

我們以冰雪為誓了

為何

生存

總要在兩端跳躍？

凝視或親吻

擁抱或錯身

冰與熱

雪地還是赤道

至樂還是憂傷？

你說這是上帝的邏輯演繹

當櫻桃從樹梢墜落

我已從少女脫胎

陽光乍現

雪地空無一物

瑩瑩雪花

已然溶解

我從爬滿薜荔的石牆

尋找春天迷離的路徑

遠方依稀傳來你

呼吸的節奏

依然

如雪輕盈

喜歡你／討厭你

我討厭喜歡你
像冬天討厭春季
你是太潮濕的星河
引我搜尋潰堤的眼波
湧出了千百顆迷濛的星子
讓我數都數不清

我喜歡討厭你
你尊貴的筆觸抹去我
翻浪的足跡
你絢爛的謳歌掩蓋我
羞怯的低吟

我討厭喜歡你
像嬰兒搖搖擺擺學步
我亦步亦趨
像一綹髮
無言躺下
在你掌心

我喜歡討厭你

我是索討春日的梢頭

一滴酒

一滴雨

還是一滴淚

你都無所謂

風生水起

因為愛情

淡出

我的
光

不明所以地
從籠罩我的光圈
淡出

剩下
一條朦朧的路徑
與逐漸模糊的背影

我抓住的
僅是他昨日閃現的
衣角

那件
遺落在春天的

黑外套

好多好多的

好多好多的　雲
好多好多的　雨滴

好多好多的　霧
好多好多的　迷離

好多的　悸動
好多　夢
好多的　詩句
好多　你
好多冰冷的　石階
好多道不出的　心情

多少的期盼
多少的寥落
多少的祈禱
多少的緘默

好多好多的　擁抱
好多好多的　夢

好多好多的　眼睛
好多好多的　影

好多的　分離
好多　年
好多的　依偎
好多　吻
好多焦灼的　星星
好多看不見的　佇立

多少的花瓣
多少的落葉
多少的旅程
多少的炊煙

好多好多的　行人
好多好多的　車
好多好多的　告別
好多好多的　淚

好多的　約定
好多　食言

好多的　牽手

好多　猜疑

好多悲傷枯坐的　戀曲

好多出乎意料的　喜劇

多少的楔子

多少的插曲

多少的安可

多少的結局

好多好多的　明天

好多的　今夕何夕

好多好多的　相思

好多好多的　你的吻

好多好多的　情人節

好多好多的

冰淇淋和巧克力

愛的標點符號

原本
標點符號
是為了文字存在

我們之間
卻只有標點
沒有語言

沉默的一對戀人
用驚嘆號！
記下
初遇的一刻
用引號「」
框下彼此的小名

當我們還有些陌生
用分號；
隔開彼此
經過一些時日
我們會用破折號──

註明

誰是誰的戀人

用刪節號

珍藏

思念的絮語

用冒號：

留下心底

難以啟齒的擁抱

用頓號、

想像

已知和未知的冒險

當問號？

尾隨理智之後

我們猶疑於

逗號，

還是句號。

並肩前行

或在此揮別

保持沉默或

給予允諾

我們之間沒有語言
但我們擅用括號（　　）
明白明日無限

我們的愛情密碼
標點符號
像撒在蛋糕上的糖粉
兀自迷走
兀自　　甜

第二輯

我和你，馬里亞納海溝

（2015-2020）

我和你，馬里亞納海溝

我的你
馬里亞納海溝
沒有任何儀器可以探測
幾億萬年前
你如何陷落？

介於冰山與火山之間
折衝堅定不移的板塊
世界在你的瞳孔裡
只見一片深邃的海洋

我望之卻步
你和你的
馬里亞納海溝
海岬如你的胸膛起伏
海螺高鳴
是啟程的羅盤
你像永不靠岸的風帆
舟子昂首被星團迷亂

無法送別

也不忍道別

我們相隔著

馬里亞納海溝

歲月兀自斑白

沉落在最深的海底

有一顆

不曾傾吐的心

靜靜地

藏著

一個未完的故事

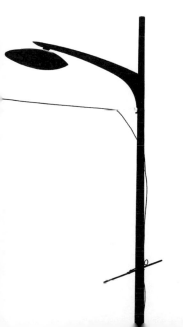

愛情這種慢性病

當醫生笑容可掬
宣布
藥石罔效
你一切都得靠自己

出門戴上口罩
關節穿上護膝
相思活似耳鳴
流淚當成過敏
口罩擋不住愛語
護膝止不住踉蹌
活該！
經過星盤診斷
我得了「愛情」這種
慢
性
病

白日胃疼
夜裡失眠

沒見你　哮喘

見了你　心悸

沒有擁抱便　發冷

貼到心窩便　發熱

忽冷　忽熱

又哭　又笑

你說我若是醫生

把你送到

精神科

若你是醫生

我說——

請你開出三顆藥

黃色的一粒　是　接納

紅色的一粒　是　忠貞

藍色的一粒　是　永恆

醫生

你吃一粒

我吃一粒

這才叫

視病如親

不信嗎？

好情人一定是好醫生

時時囑咐

日日探視

治我

一輩子

慢

性

病

愛與罪

愛情有罪

我無罪

這叫　曖昧

愛情無罪

我有罪

這是　懺悔

我無罪

你有罪

你太

美

你無罪

我有罪

我不入　地獄

捨你

其

誰？

男人樹

我慢步迎向

你之所在

像回應大海濤聲的召喚

清晨我輕踩

微露初濕的草地

如波光粼粼

踏浪而至

細白的砂礫流過腳邊

此刻我心

靜謐而悸動

仰視身影

如風

似流雲

成千上萬

葉片如貝

陽光下　晶瑩　閃爍

黃昏　霞光穿透

你如歌行板

我在樹下野餐

你竊竊私語是繁花彩衣

我在樹下小寐

你環抱臂彎是藤蔓繾綣

拔地而起

你的背脊

枝幹強韌

而抽長　而伸展

如劍似弩

我隨之共舞

你的葉

繁茂如夢

無晨昏　無四季

沒有邊際

想必

你

是

一

株

葉脈常綠

年輪綿長
果實皎潔
如星月
永不凋枯
的
男人樹

對月

夜

平躺下來

白紗簾因風　微揚

有雲掠過

月皺了一下眉尖

水龍頭關不緊

滴滴答答

是不規則運行的指針

千呼萬喚

提醒每刻相思的節奏

幸福在裡面

還是外面？

開門或關門？

心律不整已是宿疾

豈能不憂不懼

「愛情」不是個愛答腔的傢伙

問卷調查

你對月

自問

自答

你是狂放的夜

你是狂放的夜

在我來不及掩耳

便以巨浪衝擊岩壁的巨大聲響

撥開我千年迴旋反覆的

海洋記憶

曾經那　深情的鑿痕

曾經那　溫潤的鐘乳

向地底千仞的暗礁

匍匐如潮

這一刻也無法停駐的

激昂

若驕陽斑爛

沙灘上

癱軟的貝類

殼紋如織

當海風吹乾了星月的密語
悠悠　船行

明日是個啞謎
神聖的鐘聲響起
海洋依然神祕

黑夜與白晝

我是你白日的黑夜
你帶著微笑與他周旋

你是我黑夜的白晝
你的愛燈火通明

嘹亮夜空
頗像個孩子放學的午後
凝視著透明罐子裡繽紛的棒棒糖
我舔嗜夢的貪婪
心的佔有

你拾起四散在地板上的課本
擁吻我的任性踉蹌
與顛倒自由
用高倍望遠鏡探尋那浩瀚天際
尚未被命名的一顆星
你的愛是如許深邃的嚮往

守著黑夜
在星子國度的你啊！
孤影單衾的歲月
何曾遺忘？

於是我知道
也許
萬籟終會失聲
紅塵終將褪色
但總有一個影子
在無盡的白晝
朝向我

緩緩
走來

那個字

月色
如　貓
翻牆而過

逡巡無聲的腳步
影子可曾自行開門？
只因無法確定
離開後的你
日記
是否闔上

因此　你並不知曉
影子已被囚禁在
隱密的牢房
奄奄一息地
哭泣

你之所以嘲笑
愛的乞丐

是你以為憂鬱僅來自於
貧窮與孤單

緊握那束謝幕過後
凋萎的花
光彩早已隨掌聲熄滅

你絕口不提那個字
那個字
如鉛塊
泅泳於萬化波濤後
陷落於你胸口的
心洞

日日夜夜捶打
不明也
不白

玫瑰花的海洋

玫瑰花躺在水面上
微冷
一陣一陣的浪潮
像片片花瓣　凋落

這時　我凝視你
如魚
凝視海底

你的笑
如水花折射的光芒
竄遊在珊瑚礁

你的吻
如水草游移
是漩渦般急遽的　呼吸

我們邂逅於夜的微醺
沉沒或浮起
都無須在意

千絲萬縷的憂愁
告別於晨露的清醒

天明
亦或
未曾黑去

瓶中愛

我們呼吸
我們生長
我們很靠近地
看見彼此

只能注視
只能漂流
只能在小小的一方
行小小的善
或者
惡

在透明的房間
我們重演著自己已然遺忘的過去
啜飲著毫無養分的死水

因阻礙而自圓其說
暢言快樂和自由
說永無法企及的
遠方

這不是溫室
這不是暖房

這裡是滋生蔓草的
愛
的
標本室

一週大事

星期一　想你

星期二　想你

星期三　想你

星期四　想你

星期五　想你

星期六　見了面

依舊想你

他們說

這就是愛情

星期日

我不得不

當你

死

去

賭徒

於是
我們玩起骰子
一個是你
一個是我
一個是命運
命運在手中
孤　注　一　擲
我們比著
愛戀的多寡
誰會是贏家

然後
我們賭起輪盤
勇氣是唯一的籌碼
專注的雙眸
交會的目光
緊握最後一點自尊
只為了
一個相遇的時刻
與幸福的落點

最後
我裸身佇立在你面前
你撿起玩命的飛刀
射向我

信任
那是　愛情
殘酷的考驗
也許可以
毫髮未傷
也許也能
一
刀
斃
命

一個不可告人的祕密

這是一個不可告人的

祕密

關於愛情的

無　所　事　事

早上

我在工作中

想你

不停玩著鑰匙圈

喵

貓咪瞪了我一眼

中午

我喝了一口湯

湯匙掉落地面

鏘

在桌腳

小狗舔了舔

晚上

我看著月光

為了找不到的一隻

絲襪

發愁

午夜

想你

在暗中

進行搜索

卻徒勞無功

哎

關於邂逅

關於吻

關於撫摸

這些

戀人不可告人的

祕密

愛情

總是讓人

無　可　抗　拒

終於
你來了

而一天
卻
走
了

雪祭

凜風如利刃
劃開我們
昔時依偎的背影

腳印問──
你還愛我嗎？

冬日的雪已經慢慢凝固結冰
無法相信今日的告別
來世還會相見

塵封的諾言
哀泣著──

你曾愛我嗎？
落
葉

這一天

風
捉弄我的髮絲
在陌生的小鎮
他出示一道
關於「永遠」的謎題
任
鐵軌那般義無反顧地　綿延
這一端　是你的青春
那一端　是我的回憶
兩者
都沒有止盡

交會的站台
模糊　而昏黃
像風吹落的一幀
老相片

戴上歲月的老花眼鏡
這一天
看來
甜蜜又唏噓

如果你是

如果你是溪流
請流經我的腳邊
冰鎮我的足踝

如果你是山巒
就扶我盤旋直上
在葉浪中俯仰

如果你是春雨
何妨打濕我的雙唇
嫵媚我的純真？

你在何處？
如何辨識你？
如何聽見你如風的呼喚？

如果　你棲息在失落的人間
靈魂
請為我掀開世界的假面

餘波

隨著思念的波紋
無聲地盪漾

你是漂浮在水面的名字
忽隱
若現

對我而言
海的味道重了些
不能睜開雙眼
無法張口傾吐
唇邊有海草的香

那被淹沒的昨日
還殘留你雙手的微溫

魚兀自笑了
回憶
總是一波
一波　氾濫

翻滾

如浪

孩子

我是你貪玩的小孩

躲著你

一直走

一直走啊！

走到河堤

想把溪裡的魚

放到海裡

你說

這樣

活著不易

等你長大

你就知道

滄桑世界

關於生存——

鹹中帶辣

酸中藏苦

你說

除非——

我的溪流是

愛

而　你的海洋微甜

種子

我的小名

如星辰墜落

恍如深埋在土裡的種子

在日麗風和的清晨

已悄然抽芽

掙地而出

蜿蜒而攀附

寸寸挪近

你

沈睡的臉龐

如真　似幻

潛入你緊閉的雙唇

愛

像遠方的露珠

那樣清澈

卻這樣難以啟齒

害羞的眼睛

只能在夢中
說
──我愛你
然後
只見　葉片
日漸茂密

請你千萬不要告訴我

喔！

在這樣的冬季

請你千萬不要告訴我說——

我戀愛了

蕭瑟的風說　不可以

冰冷的溪說　不可以

寂寥的雲說　不可以

不可以大聲唱歌

不可以開心地笑

不可以有溫暖的懷抱

因為

戀人們總被——

風

總被——

溪

總被——

雲

妒嫉

小心！

風會吹散情人的誓言

溪會沖淡情人的回憶

雲會遮住情人的眼睛

所以

我會靜靜地等著

等到片片雪花落下的

清晨

在你冬日的酣夢中

小聲地對你說——

我——　也——　是——

復活節

雲
一層　一層　一層
堆疊著
久遠以前的昨日

海
一波　一波　一波
拍擊著
茫然無邊的今日

你的眼
一眨　一眨　一眨
搜尋著
無憂無慮的明天

是的
雲海皆遙

是的
昨非今是

靠近

從相遇的這一日算起

屬於你

復活節的日子

從今日

重新

紀元

我和你

靜靜地看著——

一隻鞋子
一個手套
一支牙刷
一個鐵釘
一旁的路燈
一彎小徑

我

和

你

滑落的雨珠
諦聽的停雲

你我
依然

從上個世紀

寂寞到

這個世紀

書籤

像一個初生的蓓蕾

我在你耳邊絮說——

我聞到季節的味道了

那是春

甚或是初夏

泥土　稻禾　綠樹　繁花的氣息

敲啊敲

葉的音符　隨風飛舞

草地是煥然一新的早餐桌布

躺著我們暗夜的輕盈笑語

水晶杯溢出了露珠與花蕊

指尖沾著蜂蜜

愛情的眼睛

一筆畫出

你和我

我和你

拉手

親吻

擁抱

心意已足

日子的扉頁翻過輝煌

只不過留下孤單的字跡

不如

把幸福當作書籤吧！

就讓這一季

停在此刻

不再翻閱

過去

無知

我不知道

我不知道星期一怎麼過的

我不知道星期二怎麼過的

我不知道星期三怎麼過的

我不知道星期四怎麼過的

我不知道星期五怎麼過的

我不知道星期六怎麼過的

我不知道星期日怎麼過的

這一週過去了

這個月過去了

這一年過去了

習慣是舊的

計畫是新的

容貌是舊的

情人是新的

我從不進教堂

也從來不燒香

這一生也即將過去了

等什麼？

請趕緊對我說——

愛我

印記

午夜
當微風掠過
掀起髮絲的一隅
你不經意發現
我隱藏於耳後的一顆
痣

像隱藏一份久久怕人窺探的私密
我極力用長髮掩蓋
那似少女純稚對愛的憧憬
羞赧於它是否存在的虛實？

只是一顆小小的痣嘛！
為何大驚小怪？
你問

我說──
無論多麼微不足道
當你看見
我未曾見到的自己

我認為那印記

也許

便是　愛情

地鐵之戀

相遇的那天
我看見細細雨絲
從容地落在你的領口
潮濕　冰冷
但你並未察覺

我們相約地鐵
沿著自動扶梯上上下下
在這樣的大都會
隨著人群移動
像候鳥　算不得盲從
卻無動於衷

淹沒於鼎沸人聲
我們比手畫腳
都成了默劇演員
怕一眨眼便失去彼此行蹤
我們緊緊相依相隨

電梯緩緩而降

如世紀之長

你身後的我

像一個巨大的行囊

朝著鳴笛的方向

人們　張望愛情

世界　不聞不問

如果送行而無須分離

我會聽見細微的呢喃

撒落在你的胸膛

溫潤　熾熱

一次又一次地對你說

「我愛你」

但

一個相約在地鐵的女人

你一定不曾察覺

也未曾聽說

浮水印

等你的時候

髮際　漂流著

風

耳邊　只停駐你

綿綿叨叨的話語

陽光低吟青春的歌

愛欲如熱浪

是　波光

遠方的旅人啊

你郵遞的誓約

有幸福的

浮水印

隱約不顯

是怕人們訕笑

那愛情的奴吧！

好的

就讓我們

靜靜地

依戀
別令
愛
張揚

此刻

只為
遇見
你
我回到這個闊別許久
的繁華城市

我們找到了一個
澄黃色澤的角落
緩緩坐下
用我的詩句堆起薪火
以你溫柔的笑
取暖

時間的門
已悄然開啟
曉夢猶在
如同昨日才寄出的
小小情書
字跡未乾
閃閃如露

由晨曦為我們珍藏

此刻
我的眼佔據你的眼
我的笑淹沒你的聲
四下恍若　無人

在這蒼白的街市
我們已忘懷
誰為誰？
曾經失眠
我們已忘情
誰為了誰？
等待
無數個冬季
下雪

誰又為了誰？
承諾過
春
夏
秋

冬
不曾
走
何曾
回？

似雪

於是你佇立在急駛的車廂
癡傻想望一個冷漠的戀人
為你下一場雪

旋轉的身姿
謎樣的雙眼
飛白紛至

你臥倒在虛構的殿堂
他用極冷和極熱裹覆你的軀體
隻字密語
在毛細孔鑽動穿梭
瞬間凍結如冰
殘酷無須錘鍊
只需纏綿

愛並不　溫柔
或者
永久

我不寂寞

我不寂寞
我有寂寞陪著我

由於你的緘默
我吞下所有愛情的回聲

每個日子都是落葉
落在我迷路的腳跟

哭泣沒什麼
小溪也會

我想轉身
轉圈圈

如果轉了三圈
你還在
那就證明你愛我

安息吧！

愛情
明天晴時多雲
偶陣雨

影子怔忡著
他以為月亮還愛著
他

背影

望著你的背影
啊！
我已飽足

生命至此
可以
一無所有

愛人！
你不能怪我
不懂愛情

要怪沒附使用說明書的你
何以闖進我的心房

我想拆開你的心
看看有效期限
我
是否還來得及？

愛之頌

面對愛情
可以是磁鐵
可以是海棉
也可以是沙漏

可以是山嵐
也可以是飛鳥
可以如癡
亦可以如常

是狂風驟雨
是寂靜

愛如恆晝
愛無所懼

數字

我用 30 年寫一首詩

或

你一天寫了三十首詩

其實並無二致

我用半個世紀等待

或

你決定了某一日彼此相遇

其實並無二致

關於詩

關於愛

其實

數字並不重要

哲學　才是

信仰　才是

線

有一條直線
我向你走來

有一條曲線
我在你的夢裡轉圈

有一個方框
我向著窗外遠望

我們一直一直
相信
如果有一條直線
我們必然會在中點
遇見

無論多少歲月
原來
我們之間
存在著
一個
圓

蝙蝠夢遊

此刻
我或許可以在深深
的夜
像蝙蝠般
飛翔

就算你無法給我一絲
微弱的光
我還是能夠
用獨有的聲波
尋覓你
的一呼一息

在夢裡
眼瞳的杯
已然滿溢

愛會
醉
夜不
眠

想飛

便飛

遺忘

秋天的風

微微掀起了窗的衣角

不意瞧見

逝去的青春

頭也不回

的屐痕

那些美好的事物

闔上雙眼

仍在微笑

你曾經來過

我記得

戀人

總是

善於遺忘

昨日

決堤的淚水

如今

只聽聞

鞦韆晃啊晃的

吟吟

笑聲

糧

我說我要離開
你問我去多久
我說一天
於是你幫我備了一天的糧

我說我要出走
你問我去多久
我說三天
於是你幫我備了三天的糧

我說我要去旅行
你問我去多久
我說一週
於是你幫我備了七天的糧

後來
我既不想離開
也不想出走
更不想旅行
你說

乖

我不是上帝

但

我有的是

存糧

等

在一個落雨的冬日
你　收起傘
搭上車
啟程

你並不知道
在旅途的盡頭
有一個人會在車站
一個熙攘人潮　散去後
無人駐留的車站
撐著傘
等你

你可以沉默以對
因你已擁有人生最動人的
此刻

愛
是凝固的時間
溶解後的

一滴

淚

水

故友

故友尋跡而至
轉過身
回了神
青春
已遠颺

容貌依稀
如煙往事
悠悠渺渺

那個——
梳著兩條辮子的小女孩
那個男生暗戀著的小女孩
那個低眉淺笑的
純真
失聯許久
許久

世間
僅存留的

三個字——
她的名字
不似想像般
自在快活

咫尺天涯
春秋一瞬
關懷
依舊

眼眶
微濕

你好嗎？
想問

第三輯

如果此生必須認識一個人

（2015-2023）

存在

我不經意發現
斑駁的青苔上
有幾個錯亂的足印

春天她走得匆忙
無法等待
也無法去愛

鏤花的窗
還以空洞的眼神
陽光的溫煦
其實對瑟縮的冬日
十分殘忍

自由的雲朵
舞姿魅惑
問光明與黑暗的界線
喘息　或是
窒息

我對「存在」

都難以置信

昨日的雲

忽然記起

童年的黃昏

睜大眼

心隨風箏高飛

環視那

千朵雲彩起舞

難以自抑的狂想

在地平線的另一端

浪蕩不歸

從未念及

人生幻化

如斯

襲捲昨日

昨日的你啊！

繆思

如千軍　萬馬

奔騰

不回顧的絕然

是與現實切割的利刃

今日的你啊！

垂目　散髮

不敢夢的茫然

既患得

復患失

無常

常將微笑打包

憂鬱

反成幸福的惡鄰

唐吉軻德

你的偶像

瘋　癲　傻

那匿跡的背影

與消聲的馬嘶

讓你

倍感

孤寂

誰識得你？

當

萬里晴空

雲已散去

陽光是一個小偷

其實
陽光是一個小偷
神不知鬼不覺地
翻牆
踩過牽牛花叢
悄悄在窗沿窺探
是如此不留痕跡

一步步　緩緩地移動
趁你不察
偷走你的青春
偷走你的健康
偷走你的回憶

你以為
陽光是個好鄰居
他親切問候
來來去去
殊不知
陽光之後必有陰影

時間是藉口
更是　兇手

他心狠手辣
像流沙
陷落你的雙腳
你的背　你的胸
讓你無法自拔

你呼叫　你哀號
你被淹沒
你消失
恐懼來自於
生命被剝奪的一刻
那一刻
終於
陽光離開你了

他手一攤
表情　幾許莫可奈何
彷彿在說——
「嗯，

你該知道

時間面目猙獰

歲月並不靜好」

詩興

午夜
床上陡然　翻身
忽覺他在我的頭皮竄動、穿梭
毛細孔酥酥癢癢
喧鬧不止

夜未央　人難眠
他更似霸道的情人
囂張地反覆糾纏
以毫無邏輯的話語
百般挑釁
令我又愛又恨

他慣常的伎倆
便是編派出一首毫不值錢的小詩
然後捏住我溫熱的掌心
喃喃說道：
「來！讓我好好陪你」
以此　巧奪我一整晚的甜蜜夢境

而我只能　轉背

裸身

任他褻玩

詩魔

有一個　魔
半夜造訪
他從斗篷拿出
一個一個「字」
像串珠斷線般
撒在我的床頭
「起飛吧！」
這是他丟下的話

我把「字」當成迴紋針
在一整個漆黑的夜
試圖勾串起來
將分秒消逝的靈光
如紙片
夾住
像兒時折的紙飛機
總是飛不到想去的方向

原來　沒有你
用字組成的相思

也許總歸是

散落的

珠子

與憂傷爬行

憂傷像蟒蛇

緩緩

無聲朝向夕陽的彼端

拖著沉重的身軀

爬行

華麗記憶的彩衣

終將蛻下

遺忘

令你孤獨

迷茫的雙眼

看穿過去、現在到未知

人跡罕至處

無助的靈魂

陪葬闇啞的寂寞

當肉體聲嘶力竭

愛或不愛並不重要

祭壇上

不　能　獨　留

我

的

輓歌

蜻蜓

蜻蜓停在我頭上
用小小的腳搔弄我的髮隙
刺刺的

像是說：
「怪胎，你這個腦袋
有比我聰明嗎？」
「那當然。」我回答
他不以為然
「我會飛，你會嗎？」
我說：「我可以搭飛機。」
他說：「嗯！妳是比我聰明」
「然而，
你有比我自由嗎？」

言畢
振翅而飛
我在不遠的竹林
彷彿見到牠
小小身形

已然與黃綠的樹梢

連成一氣

獨角獸

藝術
一隻難以豢養的獨角獸
在銀光燦燦的黑色草原
獨行

那曾經你一直想說的故事
總是停筆於第五百個字

那你一直想描摹的畫面
最後只留下了灰色的一片

你的提琴
那彷彿你一直想拉出的旋律
卻永遠瑟縮在地下室
嗚咽

你　所渴望的
你無法企及

千百個不眠的夜
你被靈感囚禁

其實
你只需愛你所不愛
不愛你所愛

其實
你只要陽光，水
和一點點無所謂

你便能安然
愜意

成為一隻
真正的銀白
獨角獸

鷹

你們告訴我
永遠要做一隻
鷹

給我銳利的雙眼
堅韌的趾爪
伸展寬廣的翅翼
唯我獨尊
為獵捕
傳說中
不朽的至寶
凌　空　而　下

然而
我卻在城市的邊境
高樓的穹頂
被霓虹的光刃穿心
粉飾　虛假　欺騙　背叛
我負傷滑行
昂首穿越樹梢的風

錯落的黃昏光影

這時格外

顯得美麗

而我

淌血

臨死

始終未能親見

那不朽傳奇

我懊悔

憾恨

人間

無的的矢

椎心的劍

無名的貪

癡心的戀

我是　鷹

本該自由翱翔天際

的一隻

鷹

夕陽似腥　如血

我靈魂飛躍

寧化為

冰雪

鋪　天　蓋　地

沉默的週一

每個人都把頭埋進工作
彷彿不這樣
整個星期都會受到詛咒

沒有人妄想加薪
股市只要持平

彩券　統一發票也無心對獎
辦公室裡的曖昧情感暫停流竄

沒有人敢計畫假日出遊
或是去 pub 狂歡，啤酒成塔
更別提「一夜情」的蠢念頭

如果一整天情人都不會傳來抱怨的簡訊
這將會是一週平安且幸福的起點

儘管
這只是一週
唯一抖擻的一天

鑽牆的早晨

一早還在被窩中逐夢
傳來工人鑽牆的噪音
一次比一次尖銳
彷彿大樓牙疼地嚴重
工人努力鑽探著牙口
抽痛的
卻是我
脆弱的神經

童年兒歌伊呀伊呀唱
鑽牆的聲音
也一模一樣
那時的你
可以無限期地賴床
媽媽一早煮的稀飯
早已擺在餐桌上
一顆白色的煮蛋
讓你神遊富士山

那時你看的漫畫

堆得比身子還高

棉被捲起的洞口

彷彿夠你一輩子屈身躲藏

那時你就是枕邊的洋娃娃

對你燦笑的王子

在摺起的那頁漫畫

三月天

賞梅後賞櫻

賞櫻後賞心

人生苦樂

每天都要再次巡禮

遠方的悶雷

隱隱約約

與鑽牆的聲音

交織成雄偉的晨操曲

你病懨懨起身

刷牙漱口

一股腦把昨日的憂鬱吐掉

洗把臉梳梳頭
對著明日的陽光傻笑

若干年後
你終於明瞭
人生是洪水
激流難退
韶光如斯
難以字字推敲

瀑布與峭壁

瀑布
不要讓我相信激流的謊言

風
不要用落葉喬裝成你的步履

山嵐
不要在霧中
引我去黑夜的迷宮

夢
我已舒展成
碧藍海中的一條魚
被撒落的金光
錯亂陷入交織的漁網

當我叩問
請不要給我相同的
回音

峭壁

如果此生必須認識一個人

如果此生必須認識一個人
踏著城市筆直的街道
你要有禮貌
並且學著面帶微笑

聊一聊
天氣，溫度，美食
點頭稱許
鄙夷和平還在昨日
軟弱低聲地抽泣
夢境
如殘留之遠方戰事

如果此生必須認識一個人
他曾經
從電腦螢幕
手機畫面
或
速食店的門前
出現

你不確定

那是三年五年

或十年前

你們曾不經意交談

一起打發時間

交換呼吸

震動脈搏

或虛張聲勢

說明日將更加進步踏實

如果此生必須認識一個人

那不會是

我

不是昨日堆砌的喧嘩

也非明日畏縮的計畫

不會打發時間

除非你在面前

不要學習禮貌

只會擁抱

如此　若無其事

像一顆

被撿起的小石子

平凡無奇

如沙塵

而當你搓磨

它驚訝地顫抖

對你

傾吐一生

此生

是星空的記憶

或隕石的運命

如果

你真的

必須認識一個人

無名之鳥

為你選一棵最優雅的樹

嫩葉如你的翅羽

隨風輕柔顫動

彷彿一切蠻不在乎

你是無名之鳥

你倒在清晨薄霧之紗

氣若游絲

只因貪戀木窗裡暖色光暈下的溫度

你告別熟悉的天空宇宙

飛入

四伏的殺機

你被迫逃亡

無法躲藏的追逐

你力竭而死

當你喘息　你是否思及？

你是如何墜入這死亡的谷底？

你愛的天空

你的世界

愛你嗎？

來不及的深思熟慮
痛徹心扉的追逐
難以複製的恐懼
這並非你想得到的
生命最後一刻

但如果可能
我願當那個
最後一刻愛你的人

愛並不需要奢華
讓我為你掘一個洞窟
離你覓食最近的一方
土壤的香氣你必熟悉
你可以做一個沉沉的夢
然後安心睡去

請不要再為明天的糧發愁
也不要為一次的錯估懊惱
你知道「優雅從容」

才是生命該有的樣子

於焉人們翹首天空

尋找你的飛行

原諒我未為你立碑

因為你已為我展示死亡的無常

你雖為無名之鳥

卻為無名的我

寫了一首

詩

第四輯

短詩

（2015-2020）

歌詠

我快樂地歌詠著

無盡的藍天向我應和

在黑與白的宇宙

我眺望著無垠的

灰

舞

側身舞動的羽翼
抖動金色的絢麗
引來雪絮般的雲啊！
問——
生命該動還是靜？

透明

是一個瞭望者
也是一個守候者

明日襲捲而至
我積沙成塔
解讀透明的天紗

我們的曾經

我們曾經毫不懷疑

夢能捕捉天籟

我們曾經毫不猶豫

喊出幸福的密碼

我們一度

在世界的舞台

微笑　傲立

雨來了

毋庸擔心　雨來了

在雨中的揮舞

你有著獨一無二的姿態

不要阻止

雲霧紛沓而至

這屬於你的歌詩

穹蒼

紅色在我的胸口

藍色是我的心田

然而

還有白色無盡的穹蒼

在我的顧盼之間

自在地流浪

旋轉

此刻
屬於嬰兒
睜眼的第一剎那
屬於天籟
穿梭於山林的迴響
屬於情人
那靈魂之吻的印證

我攀越

是沙漠的盡頭嗎？

還是鹽山的啟程？

不僅是跋涉

還需攀越

一頁藝術的苦行

我焚香禱祝

行色

我從暮色走來
渲染了一身的金光
你問我黃昏的行色
我用雲的手勢道別

水面

水面隱約蕩漾著耳語

是如許含蓄溫婉

一如似墨汁勻開的宣紙

落筆盡是

情話綿綿

密密

雕花

從一則古希臘神話說起

巍巍的神殿依然挺立

我是柱子剝落的一片雕花

鏤刻的是

獨特　唯一

並且久遠

的誓言

彎度

不要虛擲那幸福的彎度
不要欺瞞我
忠貞的盟約

藝術若是
生生死死
要分分秒秒
努力構築

倒影

廣袤的大千

諸神凝視

我們不信慧黠的箴言

只相信再創的奇蹟

與海市蜃樓的

倒影

窺

美是窺探
你令我猝不及防
心頭為之一顫
是向陽的枝枒
抖擻深藏的
愛戀

嘉年華

我們邂逅在

夏日的嘉年華

我的帽沿堆滿笑意

你的傘面挑逗旋轉

光影是沉默的白牆

賜予青春縱情的書寫

臨界

甦醒了

你的眉睫

你從未見過的世界

從你睜開的瞬間

開展

你是

天使與魔鬼之間

愛的臨界

密使

你是夜的密使
在夜鶯鼓譟前
燃點一只燭光

當我們收藏多情的果實
你敲擊愛情的喪鐘
你說愛不是堡壘
只是屏障

以為

總以為可以攀爬到
山的頂峰
朝聖
或是膜拜

然而
動盪的人間啊！
簡陋的一生
你杳杳如塵

賭

你的身體
是聖潔的弧度
我觸摸你
以靈魂的高傲

本不該愛得太深
信得太真
我是賭徒

一輩子

我不懂你的話語
你不懂我的話語
而我們侃侃而談

當時光一點一滴流逝
我們驚覺
原來我們已然
愛了一輩子

遺憾

無法抵擋的美

讓你驚駭

搔弄你一條脆弱的神經

她悄然而至

不斷蔓延糾纏

那從不曾清晰的失去

叫做「遺憾」

暗戀

請不要默許我的暗戀
不要在初春
夏末
中秋
殘冬
也無論晨昏

不要令我高貴的自尊
在冰冷的洞穴
掩面

愛的祝福

眼睛勾著眼睛　笑了

鼻子碰著鼻子　樂了

嘴角瞧著嘴角　吻了

在這無情的世界

冰冷的歲月

一切的喧囂

都是愛的祝福

關於

關於真理
我總會聆聽
不發一語

關於意義
我總是藏匿
不著痕跡

天空在說話
藍色太美麗
愛情多神祕

守護

你總是小心守護

翩然而至的幸福

幸福是屏障　讓生命安穩

幸福是阻擋　讓生活平淡

沉默的行者

在安穩平淡中

日新

荒城

我死守著愛情的金字塔

無法離開

為了信守誓約

我丟下一把劍

妄想你刺穿謊言

與頹圮的荒城沉睡幾世紀

愛情的木乃伊啊！

能否讓我復活

在黎明

我的島

啊！你是我的一座島嶼
因我命名
你從容地從海平面昂起
像星盤遺漏的一顆星

夕陽與曙光為你加持
你雍容華麗令我目不敢視

船鳴催促
為何要告別
這曾經我的領土

雪白

你可曾見過像雪一般白的
晴空？
那是在你小小的童年
你所相信的雲朵
你曾經可以一躍而上
與藍天飛舞
在星球與星球之間
翻筋斗
盪鞦韆

鏡子

我笑了
你笑了
我眨眨眼
你眨眨眼
我親親你
你親親我

愛情是我們的鏡子
如影隨形
愛得快活

追逐

高傲的情人啊！
我在城市追逐你的影子
你在風中
迤邐著初夏的迷情

你一定會讚嘆這樣的璀璨
而我
在這金迷的盛宴
只是沈默地在濃郁裡
思念

劇本

簡單的女人和簡單的男人在一起
是喜劇

簡單的女人和複雜的男人在一起
是肥皂劇

簡單的男人和複雜的女人在一起
是懸疑劇

複雜的男人和複雜的女人在一起
是悲劇

魔鬼

當我說：
「我要的是
如天使般，
樣樣
都美麗」

你回答──
「魔鬼啊！
我把天堂留給你」

日子

陽光下
只有我
和我的好日子

日暮後
我總會把寂寞打包帶走
留下缺角的票根
給月夜

故事

我可以忍受流光
從我髮隙　呼嘯而過
我卻無法忍受我們對望
你卻別過臉龐低迴

請告訴我
蜿蜒的故事
該從那裡說起？
若我們不曾相識

破解

每個生命都彷彿背負了
某個詛咒
但每個詛咒都會因為愛而破解

除非
有人當祝福是毒藥
當天使是惡魔

櫻之手書

我的手書
看似無意
卻早已
銘記

對你小小的戀
從淡淡的粉
到深深的緋紅

怕你再看我一眼
我會低眉
羞怯

哭和笑

你難過
你哭了
你十分難過
你哭不出來

後來
你笑了
你的難過
是絕望

你快樂
你笑了
你十分快樂
你收斂起笑容

後來
你哭了
你的快樂
非你應得

晚安

我
我思
我念
我思念
你

從第一次生命的相遇
直到今天

我
不疲
不倦

祈禱詞1

當你全然安靜下來
事物便開始了

當你全然啟動
世界便停止了

當你選擇
你永遠看不見完美的樣子

而當你閉上眼
原來你所愛的都在眼前

祈禱詞2

靈魂沒有方向
靈魂不會意識到價值
靈魂也不懂如何穿越

靈魂之所以存在
是洞悉
物質或精神單獨一方
皆有所不足

靈魂是提醒，警告與鞭策
當你以為生活應然的樣貌時
祂會以不可思議的方式
溢出軀體
宣示

祈禱詞3

你要相信
一切都準備好了

所有所有
的人，事，物都準備好了

你睜開眼睛
打開耳朵
用手觸摸

你隨心所欲的自由
就是鐵律

祈禱詞4

我愛你

但並沒有想得到

一分一毫

甚至於「你」

我愛你

只是因為

忍不住

愛的美麗

祈禱詞5

我原諒你

不是針對你做的事

寬宏大量

而是

也許

可能有那百分之一

你並沒有錯

【後記】
我之所以來這個世界
——情的「感通」到愛的「跨越」

〈我之所以來這個世界〉

燕子築巢
小雨霏霏
我之所以來這個世界
是為了親吻山谷裡的蓓蕾
是為了聽你
唱一首歌

風很輕盈
葉在耳語
我之所以來這個世界
是相信
生命較故事艱難
而藝術比人生美滿

我們在長廊的盡頭相遇
信物
是你那雙發光的眼睛
總有一天
我能與你背負的行囊

一同走向波濤如浪的森林
用雲的手絹為你拭汗

我們在沉睡的屋簷下
擁懷愛情
一刻太短
一生太長

星星的唇
月亮的乳
雨滴的信步
我之所以來這個世界
你之所以來這個世界
只有腳下的塵土

恍惚的愛人們
切莫像小鹿般
閃躲
幸福

　　這是來不及收錄在詩集裡的一首詩，卻不期然地道出了我
之所以出第二本詩集《我和你，馬里亞納海溝》的因緣。十年
前第一本詩集出版後，現實中的我又經歷了三段情感，乍看接
續綿密，毫無縫隙，實際上內在的本質沒什麼變，一樣華麗卻
匱乏；豐富卻空虛；繽紛卻蒼白。這裡頭究竟發生了什麼事？

◆我們在長廊的盡頭相遇／信物／是你那雙發光的眼睛

「情」與「愛」不同，情是人與生俱有的一種感受力，基本上是人性的一部分。有如〈周易・繫辭上〉第十章所說：「易无思也，无為也。寂然不動，感而遂通天下之故。」。一個人在生活之中，只要平靜專注，都會感受到情感的流動，它無須客體，無須行動，可以自然而然運作──「感而遂通」。換言之，一條腸子通到底，假設我對你有情，是我說了算，你承認與否一點也不重要，我可以讓你知道，也可口風很緊，把祕密帶到棺材也死不說。

情向內探索；愛向外輻射，情圍於一己狀態，愛擴及客體乃至社會環境。相較於「情」，「愛」複雜、困難許多。中文最早出現「愛」的象形字，是在金文裡。愛由兩個部分組成，一是張口述說，一是心，組合起來就是張開口述說心中所愛。後來秦小篆的「愛」字多了下邊一隻足（夊），代表行走的行動力。至此愛就不只是說說而已，而有更積極的行為與行動。當我們捕捉到愛的原始義，也不得不嘆服古人造字的奧妙，對愛的理解一點也不浮誇，愛須「付諸行動」且「言行由衷」。

◆我們在沉睡的屋簷下／擁懷愛情／一刻太短／一生太長

然而，就算秉持了愛的本義，訴諸生活日常，我們發現愛的行動往往窒礙難通，因為古人只說出了一半的道理，另一

半留給世人自己去碰撞,自己去理解。這另一半指的是愛的客體,愛既然由主體發出,它勢必有一個接收的對象,承受的載體,但,通常施愛者往往只注意到了自己的狀態,卻忽略了愛的對象是否有同步的感應、具備接受的條件、以及能否做出相同頻率的反應或相當質量的回饋?

因此,當動之以情的男歡女愛,掃描到日常生活環境,基本上完全暴露出它的先天缺陷。直言之,一個個體和另一個個體之間,存在的了解基礎實在太過薄弱,就算做好做滿語言的表達、行動的積極,這也不足以支撐這份情感百分之幾的成功率。好吧!也許我們可以自問:有情人之間的愛情成功率究竟有多少?如果是我,我會說撐一年不到5%。看到這裡大家一定會認為,筆者實在太悲觀了吧!既然明知如此,那為什麼還要繼續談戀愛呢?

◆我之所以來這個世界/是相信/生命較故事艱難/而藝術比人生美滿

這本詩集裡,都是愛情裡飽受的相思、挫折、失落、委屈、煩惱、缺憾、後悔、痛苦,但它沒有想像地如此悲慘與不堪。像看一個馬戲團的演出,有美女璀璨華麗、波瀾壯闊的舞蹈場面;有野獸嚎叫齊鳴、奔跑追逐的叢林探險;有奇人高空跳躍飛接、凌空翻滾的特技身手;自然也少不了丑角拉扯推擠、插科打諢的幽默嬉鬧。愛情有笑有淚、苦樂參半,愛恨交織,喜劇悲劇輪流上場,何況還有謎中謎、戲中戲、局中局、案外案,令人瞠目結舌、目不暇給、滿頭霧水、破涕為笑。

單戀、錯愛、失戀、分手、背叛……都沒有關係,我們還

有「詩」，還有「小說」，還有「散文」，還有「戲劇」……
我們會讓愛情在各種文學作品裡「重生」、「圓滿」；而
「詩」，絕對又是其中首選。因為唯有「詩」表情達意的迂迴
婉轉、一唱三嘆，朦朧曖昧、欲語還休，最能為困惑於愛情習
題的曠男怨女代言，在迷局中獲得一絲絲喘息，甚至救贖。

◆我之所以來這個世界／你之所以來這個世界／只有腳下的塵土

小時候地理科讀到介紹「馬里亞納海溝」，留下十分驚
詫和深刻的印象。這個地表已知最深的海溝，位在太平洋板塊
俯衝於菲律賓海板塊之下，海溝底部於海平面下的深度竟達海
拔高度：-10,994 公尺，高於聖母峰拔地而起的高度：8,849 公
尺。這超過人能理解的深度，激起了我無限的想像，用之形容
我對人與人之間的同情共感的鴻溝之大，差可比擬。

撇開「緣分」，拋開是否已盡全力，我認為追逐愛情本
質上難以克服的困難點，其實在人與人之間永遠難以理解、了
解、掌握的性格和思維，這讓「溝通」無法建立在一個穩固
的基礎上，讓愛堆疊。愛情的「常」，貌似有模式、有規律可
循；愛情的「變」，卻更勝一籌，永遠出其不意、脫離常軌。
情人們總是孜孜矻矻、戰戰兢兢守護著自己的愛情城堡，誤以
為自己所愛的對象在掌控之中，其實這正是愛情的「假象」，
盲目地以為愛情是如此簡單明白。

情人既不簡單，愛情也難求甚解——這是我目前得到的
愛情正解，如同情人們隔著馬里亞納海溝，眺望一望無際的海
洋，也同時意識到白浪覆蓋下的海溝，深不見底、難窺究竟。

◆恍惚的愛人們／切莫像小鹿般／閃躲／幸福

很喜歡老子《道德經》中對「道」的描述；這段話如果換成對「愛情」的詮釋，不也極其生動貼切嗎？

「道之為物，惟恍惟惚。惚兮恍兮，其中有象；恍兮惚兮，其中有物；窈兮冥兮，其中有精，其精甚真，其中有信。」

實中帶虛、虛中有實，恍恍惚惚，雖虛非全無；窈兮冥兮，雖遠有其真！在愛情之中，我們需要的不是愚昧的勇敢，也不是慌張地閃躲；也許我們欠缺的是凝視人性的端倪，以及毅然大步地「跨越」。

身而為人，既然來到這個世界，還是莫混沌遲疑，勇敢接受愛情的考驗吧！

郎亞玲於2023十月

語言文學類　PG2992　吹鼓吹詩人叢書57

我和你，馬里亞納海溝

作　　　者／郎亞玲
主　　　編／蘇紹連
責任編輯／陳彥儒
圖文排版／黃莉珊
封面設計／王嵩賀
封面題字／高苦茶

發 行 人／宋政坤
法律顧問／毛國樑　律師
出版發行／秀威資訊科技股份有限公司
　　　　　114台北市內湖區瑞光路76巷65號1樓
　　　　　電話：+886-2-2796-3638　傳真：+886-2-2796-1377
　　　　　http://www.showwe.com.tw
劃撥帳號／19563868　戶名：秀威資訊科技股份有限公司
　　　　　讀者服務信箱：service@showwe.com.tw
展售門市／國家書店（松江門市）
　　　　　104台北市中山區松江路209號1樓
　　　　　電話：+886-2-2518-0207　傳真：+886-2-2518-0778
網路訂購／秀威網路書店：https://store.showwe.tw
　　　　　國家網路書店：https://www.govbooks.com.tw

2023年12月　BOD一版
定價：360元
版權所有　翻印必究
本書如有缺頁、破損或裝訂錯誤，請寄回更換

讀者回函卡

國家圖書館出版品預行編目

我和你,馬里亞納海溝/郎亞玲著. -- 一版. -- 臺北市:秀
威資訊科技股份有限公司, 2023.12
    面;　公分. -- (語言文學類;PG2992)(吹鼓吹詩人
叢書;57)
    BOD版
    參考書目:面
    ISBN 978-626-7346-42-6(平裝)

863.51   112019529